W0383610

Barbara Rieger

Bis ans Ende, Marie

Roman

Kremayr & Scheriau

ALS ICH WIEDER zu Bewusstsein komme, steckt etwas in meiner Vagina. Ich ziehe es aus mir heraus, beginne die Fäden der Erinnerung zu entwirren, ich suche die Spinne in meinem Netz.

MARIE UND ICH auf der Suche nach dem Ort mit der richtigen Musik, dem Lokal mit der richtigen Stimmung, dem Mann mit dem richtigen Versprechen. Ich muss mich nur umdrehen, schon ist er da. Ich bin überflüssig, doch ich folge ihnen bergauf und bergab, vorbei am Geruch von Gras, Pisse und den Abgasen der Autos hinein in die nächstbeste Bar. Ob ich die bessere Hälfte bin, fragt mich der Typ und bestellt uns einen doppelten Wodka. Wie man's nimmt, sage ich. Wir nehmen, was wir kriegen können, sagt Marie und zieht uns aus dem Lokal, in meine Wohnung, auf die Couch.

Marie und ich, ein Typ und eine Flasche Wodka, überquellende Aschenbecher, der Typ legt einen Arm um sie und einen um mich. Küsst sie, greift mit der Hand in meinen Ausschnitt, sucht meine Brustwarze. Ich küsse ihn auf den Nacken, schiebe die Hand in die Hose. Er dreht den Kopf weg von ihr zu mir, küsst mich. Sie dreht den Kopf weg von ihm zu mir, schiebt sich in mich hinein.

ICH NEHME DAS DING, ich rieche daran, rieche mich oder ist das sie, ich frage mich, seit wann ich es habe, ich betrachte die Spuren auf dem Plastik, ich untersuche die Rückstände, zerkratze die Reste, rolle mich an die Kante des Bettes und versuche zu kotzen. Es kommt nichts, in mir ist nichts, das kommen könnte. Ich drehe mich um, das Ding ist noch immer da, das Ding ist echt.

ICH BLICKE AUF DEN Rücken der Kellnerin. Sie räumt die Gläser aus dem Geschirrspüler in die Regale, beugt sich hinunter, beugt sich hinauf, die Haare bewegen sich im Rhythmus ihrer Arbeit. Tom tritt aus dem Hinterraum, drei Flaschen Wein in den Armen, er stellt sie ab und kommt auf mich zu. Geht's dir gut?, fragt er, warum hast du dich nicht gemeldet, geht es dir gut?
Lass das, sage ich.
Die Kellnerin dreht sich um, zündet sich eine Zigarette an, blickt durch den Raum in meine Richtung, ins Leere, wo ich mich befinde, blickt durch mich hindurch.
Okay, sagt Tom, okay, und zuckt mit den Schultern, er dreht sich um und verschwindet im Hinterzimmer. Die Kellnerin drückt die Zigarette aus, kommt hinter der Bar hervor, direkt auf mich zu. Ich starre in mein Glas, ich starre sie an. Ihr Blick ist ungeduldig, als hätte sie mich schon mehrmals was gefragt. Ich bin Marie, sagt sie, was kann ich für dich tun?

Ich setze mich an die Bar und beobachte Tom, er geht von Tisch zu Tisch, nimmt Bestellungen auf, spricht mit den Gästen. Er sagt Marie, was er braucht, und sie zapft Bier, schenkt weiße Spritzer ein, mischt Cocktails, stellt Gläser aufs Tablett. Ein perfektes Team.
Auf Tom, sagt sie. Und wer ist dein Typ?
Dominik, sage ich schnell.

Wer ist Dominik und wo bleibt das Bier?, fragt Tom. Er stellt sich an den Zapfhahn.
Ein Studienkollege, sage ich.
Wenn sie Blut sehen könnte, sagt Tom, wäre sie Ärztin geworden.
Ich hasse Ärzte, sage ich und starre auf das Bier, den Schaum, auf Toms Hände, die ein Glas nehmen, das Glas kippen, das Glas wegtragen.
Sein Hintern ist nicht schlecht, oder? Aber er ist nicht dein Typ, ich weiß, sagt Marie und dreht sich wieder um. Ich starre auf ihre Haare und schüttle den Kopf. Ich stelle mir vor, Dominik betritt den Raum, stelle mir vor, er kommt von hinten auf mich zu, er legt mir die Hand auf die Schulter.
Und sonst?, fragt Marie. Sie schiebt mir einen Long Island Iced Tea hin.
Nichts, sage ich.
Wie langweilig, sagt sie, das solltest du ändern.
Ich nicke, ich ziehe am Strohhalm, rutsche vom Hocker, gehe nach hinten zur Toilette. Besetzt. Ich schaue in den Spiegel, sehe die Tür, sie öffnet sich.
Hey, ruft Julu. Sie umarmt mich, drückt mich an sich, sehr fest. Bist du schon lange da?, frage ich sie.
Nein, und du, wo warst du überhaupt die ganze Zeit? Und wie geht's dir?, will sie wissen.
Ich muss aufs Klo, sage ich.
Kommt du noch mit?, fragt sie mich durch die Tür, in den neuen Club, nach der Sperrstunde hier.

Ich kann nicht pinkeln, wenn du mit mir redest, sage ich.

Letzte Runde, sagt Tom.
Natürlich gehen wir noch mit, vergiss deinen Dominik!, sagt Marie.
Du siehst betrunken aus, sagt Julu.
Hey, wie geht's dir?, fragt Peter.
Ich bin Clemens, sagt jemand zu Marie.
Wir brauchen ein Großraumtaxi, sagt sie.
Julu hakt sich bei mir ein. Wir gehen hinaus, steigen ins Taxi, beim Losfahren werde ich gegen Tom gedrückt, Julu erzählt mir eine Geschichte von einer ehemaligen Schulkollegin. Vor mir, zwischen Peter und Clemens, sitzt Marie. Eine Haarsträhne hängt über die Lehne des Sitzes. Ich greife danach, wickle sie um den Finger. Julu hört auf zu reden und sieht mich an.
Sind die blond oder braun?, frage ich.
Braun, sagt Julu.
Blond, sagt Tom.
Marie, sind deine Haare blond oder braun?, rufe ich.
Blond, sagt Clemens.
Braun, sagt Peter.
Marie lacht. Das Taxi hält, Tom bezahlt. Wir klettern hinaus. Wir gehen die Straße hinunter zum Kanal, vorbei an kleinen Gruppen von Menschen, die zusammenstehen und rauchen, vorbei an den Türstehern, vorbei an der Garderobe, an den Toiletten. Wir zwängen uns durch die Menge. Marie schiebt Männer und Frauen zur

Seite, bahnt uns einen Weg zur Bar. Tom folgt Marie, ich folge Tom.

Was willst du trinken?, fragt er.

Wasser, sage ich.

Marie hat einen Spritzer bestellt und trinkt auf ex. Tom reicht mir das Wasser und sieht mich an.

Und wie geht's deinem Ex?, fragt er.

Keine Ahnung, sage ich.

Was macht er jetzt?, fragt er.

Karriere, sage ich.

Und wer ist dieser Dominik?, fragt er.

Niemand, sage ich.

Ich drehe mich um, schaue zu Marie. Sie hat den zweiten Spritzer getrunken, vielleicht den dritten, sie schwankt, ihr Körper fällt gegen den von Clemens. Tom macht einen Schritt in meine Richtung, Marie lässt ihre Zigarette fallen und kommt auf uns zu. Ihre Hände auf Toms Schultern, ihr Mund an seinem Ohr. Lass uns tanzen, sagt sie.

Sie greift nach meinem Arm, fährt mit den Fingern bis zum Handgelenk und zieht mich weg von Tom. Ich schließe die Augen und wiege die Hüften. Ich öffne die Augen und sehe Marie, die ihre Hüften wiegt. Tom, der mir einen weißen Spritzer hinhält. Marie, die trinkt. Tom, der Marie um die Taille fasst und zu sich zieht. Marie, die das Becken gegen seines drückt, die ihn zu sich zieht und küsst. Ich trinke den Spritzer aus, lasse den Becher fallen. Marie, die mit geschlossenen Augen tanzt. Maries Haare, die durch die Luft fliegen. Toms

Hintern. Die Köpfe von Peter, Clemens und Julu. Körper, die durch den Raum treiben. Ich spüre Schweiß auf der Stirn, im Nacken, zwischen den Brüsten. Ein Ziehen im Bauch. Jemand, der aussieht wie Dominik. Er steht auf der anderen Seite, mit dem Rücken gegen die Wand und saugt an einer Bierflasche. Ich spüre, wie er mir entgegenkommt, wir er vor mir steht, mich anlächelt. Wie er sich ganz nahe zu mir beugt und mein Ohr berührt, um etwas zu sagen. Ich verstehe ihn nicht. Ich öffne die Augen. Die Tanzfläche ist fast leer. Das Licht ist an.
Wir gehen, sagt Tom.
Bis bald, sagt Marie.

ICH GEHE WEITER, gehe die Prater Hauptallee entlang, Marie geht neben mir.
Willst du bis zum Ende gehen?, fragt sie mich, deutet geradeaus und dann nach rechts auf eine Bank. Im Schatten sitzt ein Mensch, ein Mann, ein Typ, dunkel, unauffällig, fast zu übersehen. Ihr wollt bis ans Ende gehen?, fragt er. Er streckt uns die Hand entgegen. Take one, it's gratis, sagt er. Ich schüttle den Kopf, sehe zu Marie. Take one, it's gratis, wiederholt er. Marie schiebt mich zu ihm. Es ist wie eine Erdbeere, sagt er, eine Erdbeere mit sehr viel Zucker.
Gehst du mit mir bis ans Ende, Marie?, frage ich. Sie nickt stumm und nimmt eine der beiden roten Kapseln von der Handfläche des Mannes. Mund auf, sagt sie und ich öffne meinen Mund. Das schmeckt genauso, wie du sagst, sage ich.
Gehen wir, sagt sie.
Dann bis später, Bussi, Baba, sagt der Mann. Er ist weg. Die Prater Hauptallee liegt unendlich lange vor uns, ich kann das Ende nicht erkennen, ich bin zu müde, die Erdbeere wirkt bei mir nicht, ich will mich bei Marie beschweren, sehe mich nach ihr um, sie ist weg, ich sehe nur die Bäume vor meinem Fenster und die Ziffern auf meinem Wecker. Es ist viel zu früh, denke ich. Ich hebe den Arm, taste nach dem Telefon, stoße gegen ein Glas, das Glas fällt, ich schrecke hoch, das Glas zerbricht, zer-

bricht in meinem Kopf. Ich lasse mich fallen, drücke den Kopf in den Polster, presse die Augen zusammen und verfluche Marie und ihren Long Island Iced Tea, verfluche Tom und seine weißen Spritzer. Zusammenreißen, sage ich mir, es ist nichts passiert. Aufstehen, sage ich mir oder liegen bleiben, liegen bleiben oder aufstehen, sage ich mir, unter die Dusche, eiskalt, sage ich mir, still, sage ich mir, einfach liegen bleiben, bis es vorbeigeht, weiterschlafen, weiterträumen, bis es anfängt, wieder von vorn, bis das Telefon läutet mit diesem Klingelton, dieser verdammte Klingelton, auch das noch, denke ich mir.

Du schläfst noch?, fragt die Mutter.
Nein, warum, sage ich.
Weil du nicht abhebst, sagt sie.
Jetzt hebe ich ab, sage ich.
Wie es mir geht, will sie wissen, ob ich auch in der Nacht schlafe, nicht nur zu Mittag, ob ich alles habe, was ich brauche, ob ich zurechtkomme, ob ich ordentlich esse und diese Dinge, diese Dinge sind nur Vorwände.
Du denkst an die Geburtstagsfeier?, fragt sie schließlich.
Natürlich, sage ich.
Es kommen alle, denen deine Großmutter etwas bedeutet, redet die Mutter weiter, es kommen alle, die ihr etwas bedeuten und ich dachte, dass es schön wäre, Alexander und seine Eltern einzuladen, nachdem ihr so lange zusammen wart und nur weil ihr, weil du –
Ich lasse das Telefon auf das Bett fallen, die Stimme der Mutter ist kaum noch zu hören, ich stehe auf, ich schreie.

So schlimm ist es nicht, ruft die Mutter aus dem Bett.
Ich greife nach dem Telefon.
Es ist sicher nicht schlecht für dich, ihn zu sehen, seine Eltern zu sehen, es ist höchste Zeit, dass ihr euch aussprecht. Am besten ihr sprecht euch davor noch aus. Dann könnt ihr gemeinsam kommen. Ich bin mir sicher, alles kommt wieder in Ordnung.
Ich muss aufhören, sage ich und lege auf. Ich greife nach der Bettdecke, schiebe sie nach unten, über den Fuß, wickle die Decke um den Fuß, ich darf nicht hinschauen, nicht zuschauen, wie sich die Decke verfärbt, ich darf mir das nicht vorstellen, der Schnitt ist nicht tief, alles kommt wieder in Ordnung, sage ich mir. Ich steige über die Scherben, gehe ins Bad.

ICH SETZE MICH auf die Bank vor dem Museum, ich lese: *Psychoanalyse. Literatur. Kultur. Ringvorlesung zur Rezeption Sigmund Freuds.* Mir gegenüber sitzen zwei Chinesinnen. Hao, sagt die eine. Dui, dui, dui, sagt die andere. Ich sehe weg. *Freud und die Folgen*, lese ich, eine Doku-Fiction-Reihe, *diesseits des Lustprinzips*. Diesseits statt Jenseits, denke ich. Ich stehe auf, gehe weiter, Richtung Uni. Die Berggasse ist steil, steiler als sonst, der Fuß schmerzt, der Schnitt, denke ich, reißt wieder auf, reißt weiter auf, der Schuh ist voller Blut, gleich wird es austreten, die Berggasse hinunterlaufen bis zu den beiden Chinesinnen, sie werden aufspringen, aufgeregt durcheinanderreden, niemand wird sie verstehen.
Ich stehe neben einer Apotheke, ich sollte hineingehen und mir etwas zum Desinfizieren kaufen, ich sollte zum Arzt gehen, ich gehe weiter, presse die Zähne zusammen, gehe durch den Schmerz hindurch. Vor dem Institutsgebäude lehnen einige Studenten und rauchen. Sie beobachten mich, sie fragen sich, warum ich humple, und ein Typ, den ich noch nie gesehen habe, nickt mir zu. Ich nicke nicht zurück und gehe hinein.

Die Inputs zur berufsbezogenen Eignungsbeurteilung machen mich unruhig. Die *objektive Wahrheit ist uns nicht zugänglich*, ganz etwas Neues, denke ich. *Jeder, der über andere entscheidet, kann dies prinzipiell nur auf Grundlage seiner subjektiven Erkenntnisse tun*, deshalb ist es besser, gar nicht über andere zu entscheiden, denke ich, aber stattdessen werden Qualitätskriterien festgelegt *ohne Analyse des konkreten Wofür*. Ich denke an die Mutter, Psychologie zu studieren ist sinnlos, hat sie gesagt, das kannst du als Nebenfach machen, wenn du unbedingt willst. Ich denke, Studieren ist sinnlos. Ob Marie irgendetwas studiert? Ich muss sie fragen, ob sie was macht außer zu kellnern, ob sie irgendeinen Traum hat, ein Ziel, *Ziele sind die von jemandem angestrebten Zustände*, lese ich in meinen Notizen. Ich muss lachen. Die Vortragende pausiert, sieht auf, sieht mich an. *Bei einer Verhaltensbeurteilung können die Beurteiler eine Reihe von Fehlern begehen*, spricht sie weiter. *Obwohl diese Fehler gut bekannt sind, ist es außerordentlich schwer, sie zu vermeiden*. Ich nicke zustimmend und ihr Blick lässt mich los. *Primacy-Effekt. Beobachterdrift. Milde-Effekt. Zentrale Tendenz. Und der vielleicht häufigste und mit am schwersten zu bekämpfende Urteilsfehler: der Halo-Effekt*. Aber hallo, denke ich und reiße mich zusammen, nicht wieder lachen, nicht lachen. *Davon sprechen wir, wenn die zentrale Eigenschaft eines Menschen seine anderen Eigenschaften überstrahlt*. Wie der Mond. *Der Halo-Effekt erklärt möglicherweise die Tatsache*, wie die Sonne, denke ich, wie Maries Haare.

Ich gehe ins Hauptgebäude, ich frage mich, warum die Schwerkraft immer so stark ist im Hauptgebäude, ich schleppe mich die Treppen hinauf und zwänge mich in eine der Sitzreihen, lese im Vorlesungsplan: *Ausgewählte Einzelstörungen.*

Ein Schatten fällt aufs Papier, ich blicke zur Seite.

Ist da noch frei?, fragt er und lächelt ein bisschen, nur mit den Augen. Ich nicke und sehe wieder auf mein Blatt Papier. Ich muss mich ausziehen, ich habe noch immer meine Jacke an, eine dünne Jacke, eine viel zu warme Jacke für diesen Hörsaal, der Hörsaal ist eng. Mit dem Ellbogen stoße ich gegen ihn, sorry, sage ich, er lächelt wieder, ganz kurz. Er greift in seine Tasche, legt einen Block neben meinen Block, blättert durch die Notizen. Seine Hände sind groß, die Finger lang, schlank, muskulös, ein Gitarrist, denke ich. Ich betrachte die Adern auf seinem Handrücken, ich stelle mir vor, wie das Blut darin pulsiert, es pulsiert im richtigen Rhythmus, denke ich, in der richtigen Geschwindigkeit, es hat die richtige Temperatur. Der Hörsaal wird voller, der Typ rückt noch eine Spur näher an mich, so nah, dass ich den Pullover ausziehen muss, dass sich die Haare auf den Armen aufstellen, dass mir der Schweiß ausbricht. Der Vortragende klopft gegen das Mikrofon, begrüßt uns, psychische Störungen, sagt er und ich überspiele das Lachen in meiner Kehle mit einem Husten, ich huste, räuspere mich, konzentriere mich auf die gleichmäßige Atmung des Typen neben mir, ich schleiche mich ein in seinen Rhythmus, unsere Brustkörbe heben und senken sich, er atmet langsam, das tut mir gut, das beruhigt mich, ich beruhige mich, das Pochen im Fuß beruhigt sich, ich schließe die Augen.

Etwas berührt mich am Ellbogen, jemand berührt mich, er. Er hält mir ein Blatt hin, eine Liste mit Namen und E-Mail-Adressen, ich starre auf das Blatt, starre auf seinen Mund, auf die Barthaare, auf das Kinn. Der Mund öffnet sich leicht. Die Liste zum Eintragen, sagt er, als wäre ich blöd, als würde ich nicht sehen, dass das eine Liste zum Eintragen ist, ich weiß nur nicht, ob ich mich eintragen will, wofür ich mich eintragen soll, aber da bin ich selbst schuld, wenn ich mitten in der Vorlesung einschlafe, wer schläft schon während einer Vorlesung ein, wer gibt schon zu, dass er während einer Vorlesung geschlafen hat, ich nicht. Ich warte, ob er noch etwas sagt, aber er wendet den Kopf, er ist fertig mit mir, denke ich. Ich starre auf die Liste, auf den letzten Namen: Dominik Dokter, dominik.dokter81@gmail.com.

MARIE SITZT an der Bar, mit dem Rücken zu mir, mit dem Rücken zum Eingang, vor ihr eine Espressotasse, ein Aschenbecher, eine Zeitschrift. Marie blättert um, ihr Pferdeschwanz wippt. Ich nähere mich von hinten, sie dreht sich nicht um. Ich setze mich neben sie, sie schlägt die Zeitschrift zu, dämpft die Zigarette aus, sieht mich an.

Ich hasse es zu warten, sagt sie und rutscht vom Barhocker, geht hinter die Bar, leert Soda und Weißwein in ein Glas.

Ich habe Dominik getroffen, sage ich.

Und, sagt sie, habt ihr Nummern ausgetauscht?

E-Mail-Adressen, sage ich.

Super, sagt sie, dann schreib ihm, triff ihn, fick ihn. Und sonst so?

Die Mutter, sage ich, möchte meinen Ex und seine Eltern zur Geburtstagsfeier meiner Großmutter einladen, sie möchte, dass wir wieder zusammenkommen, sie möchte –

Was möchtest du, fragt Marie, und was ist mit deinem Ex?

Der Plan, sage ich, war heiraten, Kinder kriegen, Karriere.

Marie schüttelt den Kopf.

Ich habe, sage ich, eine Planänderung gemacht.

Darauf stoßen wir an, prost, sagt sie.

Prost, sagt Tom von hinten. Er will Marie mit einem Kuss begrüßen, sie dreht sich weg.
Na endlich, sagt sie und trinkt ihren Spritzer auf ex, wir gehen.

Marie schiebt mich durch die Tür. Drinnen ist es heiß, laut, voll mit Menschen. Auf der Bühne stehen vier Männer mit ausgeprägten Muskeln. Einer spielt Schlagzeug, einer Gitarre und einer Bass. Der am Mikro hat die größten Muskeln. Marie grinst. Sie nimmt mich am Arm, zieht mich zur Bar, bestellt weiße Spritzer, schiebt mich weiter nach vorn.
Die sind nicht mehr die Jüngsten, sage ich zu Marie, und verbringen ganz schön viel Zeit im Fitnessstudio. Dafür spielen sie nicht schlecht, sagt sie, wippt mit dem Kopf und schiebt die Hüften hin und her. Sie lacht über die Scherze der Musiker, sie holt uns noch einen Spritzer, sie applaudiert, ruft Zugabe, pfeift. Die Band geht von der Bühne, ein DJ tritt auf, Marie tanzt. Als Einzige. Als Erste.
Ich brauche noch einen Spritzer, sagt sie, geht zur Bar, bestellt. Dann dreht sie sich um, geht über die Tanzfläche, geht an mir vorbei, geht direkt auf den muskelbepackten Gitarristen zu. Ich stehe in der Mitte der Tanzfläche mit meinem Spritzer, ich sehe, wie sie reden, ich frage mich, was sie reden, ich wundere mich, worüber alle hier reden, und ich stehe auf dieser Tanzfläche, auf der niemand tanzt, allein mit meinem Spritzer. Ich zähle bis zehn, dann gehe ich. Nach Hause

oder zu ihnen. Zu ihnen oder nach Hause. Ich zähle bis zehn.
Na du Groupie, sage ich zu Marie.
Der Gitarrist prostet mir zu. Wir reden nur ein bisschen, sagt er.
Er kommt aus der Nähe von ihrem Heimatdorf, nur zwei Täler weiter, behaupten sie und suchen das Eck, über das sie sich kennen über Generationen und Musikrichtungen hinweg. Sie finden es nicht.
Wir spielen zum Spaß, sagt er.
Das merkt man, sage ich.
Und du, was machst du?, fragt er Marie.
Ich spiele um mein Leben, sagt sie.
Was spielst du?, fragt er.
Ich singe, sagt sie.
Allein oder mit Band?
Ich war mit dem Gitarristen zusammen, sagt Marie, das ist immer problematisch. Wenn es in der Beziehung kracht, dann kracht es in der ganzen Band, dabei ist eine Band ohnehin wie eine Beziehung. Marie lacht.
Nur, wenn man es ernst nimmt, sonst ist es wie eine Freundschaft, sagt er.
Friends with benefits?, fragt sie.
Ohne Frauen ist es mir lieber, in der Band, meine ich, sagt er und lacht.
Das ist typisch, sagt sie, muskelbepackte Männer als Rockstars und Frauen als Groupies, das ist wieder so typisch, das ist, sagt sie, du bist, sagt er, noch schöner, wenn du wütend bist.

Macho, sagt sie.
Du hast den perfekten Augenaufschlag, sagt er.
Du verlierst den Faden, sagt sie.
Ich will dich küssen, sagt er.
Mir ist schlecht, ich drehe mich um, gehe davon, auf die Toilette. Ich wische die Klomuschel mit Papier ab, setze mich, warte.
Alles klar?, fragt Marie.
Geht so, sage ich.
Was willst du von dem?, frage ich.
Sie kichert.
Interessiert dich der wirklich?, frage ich.
Er sagt, ich soll mit ihm in sein Hotel kommen, er würde sich freuen, wenn ich bei ihm liege und er mich hält, sagt sie und kichert wieder.
Mir ist schlecht, sage ich.
Am besten du kotzt, sagt sie.
Ich kann das nicht, sage ich.
Finger reinstecken, sagt sie.
Das ist doch voll der Macho, sage ich. Der ist doppelt so alt wie du. Das mit dem Liegen und Gehaltenwerden glaubt doch kein Mensch.
Na und, ich habe Lust und du musst was essen vor dem Saufen. Ich muss jetzt in dieses Hotel, ein bisschen liegen und gehalten werden, sagt sie und kichert und verschwindet und ich stütze meine Hände auf die Muschel und warte, bis es vorbeigeht, warte, bis ich sie nicht mehr vor mir sehe, Marie und den Gitarristen, wie sie das Hotelzimmer betreten, wie sie sich anlächeln, wie

sie sich küssen. Marie streicht über seine muskulösen Oberarme, über sein schütter werdendes Haar, fragt ihn, ob er Familie hat und hört ihm zu, lässt ihn reden, lässt ihn kommen, lässt ihn weitermachen. Er sagt, er wundert sich, dass sie mit so einem alten Typen –, sie hält ihm den Mund zu, er sagt, er hat noch nie mit einer Frau gefickt, die so geil und gleichzeitig so intelligent, Marie sagt nichts, kommt ein zweites Mal, einmal für mich, denke ich, und schläft zufrieden und gehalten ein, diese pseudofeministische Tussi.

ICH SEHE UNS am Tisch sitzen, die Mutter, die Großmutter, den Vater und mich, ich sehe das Feuer im Kamin. Der Vater blättert in einer Fachzeitschrift, die Großmutter strickt einen Schal, die Mutter wartet. Die Mutter sieht gut aus, wie sie dasitzt und wartet, gut bis zu den Rändern der Fingernägel. Der Vater sitzt im Schatten, der Vater ist ein Schatten im Feuer des Kamins, er blättert die Seiten um, reißt Seiten heraus und wirft sie ins Feuer. Sie knistern, glühen, zerfallen zu Asche, es läutet.

Das Klappern der Stricknadeln verstummt, ich sehe zur Großmutter, ihr Blick eine Umarmung, ihr Blick eine Decke, ihr Blick ein Vorhang. Der Vater wirft eine Seite ins Feuer, die Mutter streicht über die Nägel, die Großmutter strickt weiter, strickt schneller, es läutet.

Willst du nicht aufmachen?, fragt die Mutter. Ich schüttle den Kopf. Der Vater wirft eine Seite ins Feuer, es läutet, der Vater zerfällt zu Asche. Würdest du bitte die Tür aufmachen, sagt die Mutter. Ich stehe auf, die Mutter nickt, ich gehe zur Tür, die Stricknadeln klappern, das Feuer knistert, alles zerfällt zu Asche.

DIESER BIESTIGE, billige Spritzwein, Scheiße. Ich drehe mich auf die andere Seite, kneife die Augen zusammen, presse die Zähne aufeinander, drücke die Hände gegen die Schläfen. Ich versuche, ruhig zu atmen, versuche, an etwas Schönes zu denken, denke an Dominik, stelle mir vor, ich schreibe ihm ein E-Mail mit meiner Telefonnummer, stelle mir vor, er ruft mich an, das Telefon läutet, ich liege im Bett und greife danach, Dominik Dokter steht am Display und ich hebe ab und es ist Marie, die mir sagt, sie kommt jetzt vorbei, sie besucht mich in meinem Bett, sie setzt sich zu mir, zündet sich eine Zigarette an, und ich will sagen, dass ich nicht rauche in meinem Bett, dass ich nicht rauche in meinem Schlafzimmer, aber sie lehnt sich beim Rauchen an mich und lacht mich aus, heiraten, sie lacht, Kinder, sie lacht, Karriere, sie lacht immer schriller und ich will sagen, sie soll bitte aufhören zu lachen, es ist viel zu laut in meinem Kopf, aber sie hört nicht auf und ich schiebe sie zur Seite, sie lacht laut und vibriert in meinem Bett, vibriert wie ein Wecker, mein Wecker, ich schalte den Wecker aus, falle zurück in die Leere, Arme wie Baumstämme fangen mich auf, umschlingen mich, halten mich fest, blonde Haare stecken in meinem Hals, ich huste, würge. Bevor ich ersticke, wache ich auf.

Ich schaue auf mein Telefon. Fünf vor zwölf. Drei Anrufe in Abwesenheit, drei Mal die Mutter, eine Nachricht mit der Frage, ob sie mich abholen sollen. Ich schreibe ihr, dass ich direkt hinkomme und sofort blinkt das Telefon, die Mutter redet auf mich ein, redet von Alexanders Eltern und wie sehr sie sich freut, dass sie kommen, Alexander hat sich entschuldigt, was verständlich, aber schade ist, ob ich pünktlich sein werde, fragt die Mutter, in zwei Stunden geht es los, und ich antworte Ja, ich werde pünktlich sein, wie immer, und steige aus dem Bett.

Ich dusche heiß und kalt und heiß und kalt, dusche, bis meine Wangen rot sind, entferne Haare von meinem Körper, wickle mich in ein Handtuch, putze meine Zähne, genieße den Geschmack der Zahnpasta, beiße auf die Zahnbürste, kaue daran herum, schlucke, spucke, schaue in den Spiegel. Die Kopfhaut schmerzt beim Kämmen, die Haare sind verfilzt, ich reiße daran, reiße ein Büschel aus.
Ich stehe vor dem Kleiderschrank, in dem früher die Kleider der Großmutter hingen, ein Kleiderschrank wie in meinem Lieblingsfilm als Kind, ein Kleiderschrank wie eine Tür in eine andere Welt, ein Schrank, in dem sich jemand verstecken kann. Ich entscheide mich für eine dunkelblaue Bluse mit weißen Streifen, eine dunkelblaue Hose dazu, ich gehe zurück ins Badezimmer, ich föhne die Haare glatt.

Ich steige in die Straßenbahn, hinter mir schließt sich die Tür, es ist stickig und heiß. Ich klebe am Plastik und schaue hinaus. Ich stelle mir die Menschen vor, die hinter den Fenstern der Häuser sitzen und liegen, hinter geschlossenen Vorhängen, eingesperrt, während ich an ihnen vorbeifahre, ausgesperrt. Ich frage mich, ob in einer der Wohnungen Dominik sitzt und auf eine Nachricht von mir wartet, oder ob er mir gerade eine schreibt, ich stelle mir vor, wie er nach seinem Telefon greift und an mich denkt, denk an mich, Dominik, denk an mich.

Die Straßenbahn hält, Türen öffnen und schließen sich, ohne dass jemand ein- oder aussteigt, ich greife nach dem Telefon, sehe eine Nachricht von Marie, ich will sie nicht lesen, will nicht an sie denken, will nicht wieder mit ihr saufen und tanzen, danebenstehen, wenn sie flirtet, mir ausmalen, wie sie fickt. Die Straßenbahn steht, Schweiß rinnt meine Beine hinunter, die Haare kleben am Gesicht. Die Straßenbahn fährt weiter, fährt immer wieder durch die gleichen Straßen, denke ich plötzlich und ich frage mich, wie viele Kreise wir drehen müssen, bis wir abbiegen, bergauf, bis wir ankommen, irgendwo.

Endstation, sagt die Stimme, ich steige aus, gehe weiter, bergauf, ich bin die Einzige, die mit der Straßenbahn, die Einzige, die zu Fuß kommt, die Straße wird immer steiler. Ich kann die Gruppen von Verwandten und Bekannten sehen, die sich vor dem Eingang versammelt haben, mit Blumensträußen und Geschenkkörben. Ich

tauche durch Anzüge, Sommerkleider, Parfümwolken, Stimmengewirr, ich schüttle Hände, ich nicke, ich lächle, ich schiebe mich Zentimeter um Zentimeter weiter hinein, durch den Torbogen in den Innenhof.
Da bist du ja endlich, sagt die Mutter. Ihr Blick wandert von meinem Scheitel über das Gesicht, die Bluse, die Hose hinunter bis zu den Schuhen. Der Schnitt im Fuß brennt. Die Mutter streckt die Arme aus, mit der einen Hand zupft sie mir etwas vom Kragen, mit der anderen streicht sie meine Haare glatt. Der Vater legt mir die Hand in den Nacken, sie ist feucht und kalt, er dreht mich herum. Schau, wer gekommen ist, sagt er.
Es ist uns wirklich eine Freude, sagt die Mutter, sie streckt den beiden die Hand entgegen. Ich blicke auf die Hände, in die Gesichter, die Augen und Münder.
Wir sollen liebe Grüße von Alexander ausrichten, besonders an dich, sagen sie.
Die Mutter räuspert sich.
Er lässt sich entschuldigen, er hat so viel zu tun, das Medizinstudium, er macht so viele Praktika, sagt Alexanders Mutter.
Das ist doch vollkommen klar, sagt die Mutter.
Er macht das sicher gut, sagt der Vater.
Er lässt sich von nichts aus der Bahn werfen, sagt Alexanders Vater.
Die Väter lachen, die Mütter lächeln.
Und dir geht es auch wieder gut?, fragt Alexanders Mutter.

Wir passen auf sie auf, sagt die Mutter und legt mir einen Arm um die Schulter, sodass ich nicht umfallen, nicht weglaufen kann.
Und du bist dir sicher, dass das mit dir und der Medizin nichts mehr wird?, fragt Alexanders Vater.
Wenn ich Blut sehe, sage ich, wenn ich kein Blut sehen kann.
Blutphobie kann man behandeln, sagt Alexanders Vater, mit einem blutigen Steak, er lacht, oder mit einem Besuch im OP.
Sie isst nur Salat, sagt Alexanders Mutter.
Ich bin froh, wenn sie überhaupt isst, sagt die Mutter.
Der Liebeskummer kann es ja nicht sein, sagt Alexanders Vater. Ich sehe ihn an, Marie, denke ich plötzlich, würde mit ihm schlafen. Marie, denke ich, würde sich auf seinen Operationstisch legen, ohne Narkose, sie würde nicht schreien, wenn er in sie eindringt, sie würde beobachten, wie er sich in ihr Bindegewebe verliebt, in ihre Bauchdecke, beobachten, wie er sie aufschneidet, wie er in sie hineingreift, das Beste aus ihr herausholt, sie würde nicht ins Koma, sie würde nicht.

Jemand drückt meine Hand, eine andere, leichte, kühle Hand, die Hand der Großmutter.
Ich habe an Blut, sage ich, ich habe an Marie, ich weiß, sagt die Großmutter, denk nicht mehr dran.
Ich bin so müde, sage ich.
Ich auch, sagt sie, zu viele Gäste, aber die Eltern von Alexander sind weg.

Ich öffne die Augen, sehe die Großmutter im Rollstuhl neben mir.
Das ist das Hinterzimmer, sagt die Großmutter, du bist kollabiert.
Es tut mir leid, sage ich.
Ist schon gut, sagt sie, wie fühlst du dich?
Ich weiß es nicht, sage ich.
Die Großmutter nickt, sie hält meine Hand, sie riecht nach Alter, Seife und dem Ende.
Wie geht es dir in meiner Wohnung?, fragt sie mich.
Alles in Ordnung, sage ich. Ich will fragen, wie es ihr geht, ich will ihr erzählen vom Kleiderschrank, von Marie, doch ich bin zu müde.

ICH VERGRABE MICH zwischen Büchern und Worten und versuche, nicht an die Menschen da draußen zu denken, da drinnen bin nur ich. Ich versuche, mich zu konzentrieren, auf das, was vor mir liegt, Konzepte und Prüfungen und *Handlungen meist impulsiven Charakters, die im Vergleich mit dem gewöhnlichen Motivationssystem des Subjekts einen Bruch darstellen,* und ich frage mich nicht, was Marie gerade macht, ich frage mich nicht, für welche Prüfung Dominik lernt, ich sauge und wische und schrubbe das Wohnzimmer, ich lege mich auf die Couch und blättere im Vokabular der Psychoanalyse und lese, dass *eine bestimmte psychische Energie an eine Vorstellung, einen Teil des Körpers, ein Objekt etc. gebunden ist,* und ich gehe durch meine Wohnung, vom Wohnzimmer durchs Arbeitszimmer ins Schlafzimmer, ins Arbeitszimmer, Wohnzimmer, Badezimmer, Wohnzimmer, Küche, ich sauge und wische und schrubbe die Küche, fahre mit einem Wischlappen über die Oberflächen, kratze Brösel zusammen. Ich setze mich an den Küchentisch, blättere in den Vorlesungsnotizen und erinnere mich, *das Ich-Ideal ist ein Vorbild, an das das Subjekt sich anzugleichen sucht,* und ich schließe die Fenster meiner Wohnung, schotte mich ab vom Lärm der spielenden Kinder im Hof, schließe die Jalousien, die Vorhänge, lege mich aufs Bett, stehe wieder auf, schließe die Tür des Kleiderschranks, drehe den Schlüssel um, schließe die Schlafzimmertür, schließe die Augen, denke nicht an Dominik, denke nicht an Marie, träume von der *gleichzeitigen Anwesenheit einander entgegengesetzter Strebungen, Haltungen und Gefühle* und von Marie und Dominik, die gemeinsam auf der Bühne stehen und ein Konzert spielen und als ich klatschen soll, bemerke ich, ich habe keine Hände.

Ich setze mich an den Schreibtisch und versuche, Worte zu finden für die *von Freud postulierte Energie*, ich sehe aus dem Fenster, frage mich, wann es aufhören wird zu regnen, wann die Sonne aufhören wird zu scheinen, was die anderen Menschen getrieben haben in der Nacht und wann und wie sie mit wem in welcher Wohnung erwachen, hinter welchen Gittern, in welchem Schrank, in welchem Leben sie eingesperrt sind, und ich sage mir, dass die Arbeit darin besteht, *die Erregungen in das Psychische zu integrieren und assoziative Verknüpfungen zwischen ihnen herzustellen,* und dass es keinen Sinn hat *nach der vollständigen Aufhebung der Spannung zu streben* und ich mache mir einen Salat und ich denke ans *Lustprinzip*, denke an Marie, ich beiße in eine Karotte und sage mir, dass ich etwas ändern muss, die Karotte knackt laut in meinem Mund. Ich nehme mir vor, hinauszugehen, morgen, aus mir herauszugehen, morgen, auf die Uni zu gehen, ich nehme mir vor, Dominik zu treffen, ich nehme mir vor, Marie zu treffen.

ICH LEHNE MICH gegen die Tür, gehe hinauf in den dritten Stock, durch das leere Treppenhaus, ich bin die Einzige, ich bin allein. Ich höre die Stimme des jungen Professors, sie nähert sich von einem der anderen Gänge, ich höre das Öffnen und Schlagen der Türen, die die Gänge voneinander abtrennen, wie in einem Sicherheitstrakt, nur dass ich auf den Knopf drücken kann und die Tür sich öffnet und ich hineingehen kann in den Gang Richtung Hörsaal G, der in Wahrheit ein kleiner Seminarraum ist. Drinnen warten die Studenten, drinnen wartet die Hitze, drinnen warte ich auf Dominik, der nicht da ist, der nicht auftaucht, von drinnen höre ich die Stimme des Professors, die den Raum erobert, bevor er eintritt, und als er dann eintritt, wird es noch wärmer, ohne Einleitung redet er an der Stelle weiter, an der er letzte Woche aufgehört hat, er redet ohne technische Hilfsmittel, ohne Notizen, seine Stimme, seine Worte, seine Gedanken fesseln mich an den Stuhl, bewegen meine Hand mit dem Stift, drängen sich in meine Fantasie, heben mit mir ab, lassen mich daran denken, wie es wäre als seine Dissertantin, lassen mich denken, wie es wäre in seinem Forschungsteam, wie wir gemeinsam auf eine Tagung fahren, wie wir die Forschungsergebnisse präsentieren, lassen die Stimme meiner Mutter verstummen, die sagt, ich hätte doch erst mal Medizin studieren sollen. Der Professor dreht sich zur Tafel,

geht ein wenig in die Knie und schreibt. Ich starre auf seine Schulterblätter im weißen Hemd, denke an Marie, was würde sie denken. Ich starre auf seinen Rücken. Er dreht sich um, ich starre auf seine Lippen, sie werfen eine Frage in den Raum, der Raum vibriert. Ich schüttle den Kopf und blicke zu meinen Studienkolleginnen, sie hängen genauso an seinen Lippen wie ich. Und vergesst nicht, sagt er, dass es sich beim Begriff *instinct* für Trieb auf Englisch und Französisch um eine Übersetzungsungenauigkeit handelt, lasst euch davon nicht verwirren.
Die Freud'sche Triebtheorie ist das eine, die psychologische Konzeption des tierischen Instinkts etwas anderes, sagt er. Und viel Erfolg bei der Prüfung nächste Woche.
Die Fingerknöchel klopfen auf die Tischplatte, die Beine tragen mich nach unten. Marie lehnt an der Hausmauer gegenüber, raucht. Ich stelle mich neben sie, rauche.
Wie war's?, fragt sie.
Großartig, sage ich.
Die Familienfeier?, fragt sie.
Das Übliche, sage ich.
Großartig, soso, sagt Marie.
Das ist der Professor, sage ich.
Alles klar, sagt sie, vielleicht sollte ich auch studieren.
Du stehst auf ältere Männer?, frage ich.
Der ist noch keine vierzig, sagt sie, der Vorteil bei älteren Männern ist, dass sie normalerweise wissen, was sie tun, dass sie sich den Arsch abfreuen, wenn man ihnen den Arsch hinhält, dass sie dich einladen und leicht zufriedenzustellen sind, aber der Professor, der hat zu viel

Auswahl, den sollten wir vergessen, sagt sie und zieht mich weiter, in eines der Lokale in der Nähe der Universität, bestellt uns Bier und zwingt mich dazu, einige Bissen von ihrem überbackenen Camembertbrot mit Preiselbeeren zu essen, du brauchst eine Unterlage, sagt sie.
Ich habe noch ein Seminar, ich sollte nicht trinken, sage ich.
Du solltest Sex haben, sagt sie.
Wie bitte?, frage ich.
Einfach so, sagt sie, zum Beispiel mit Peter. Du kennst ihn, aber er bedeutet dir nichts.
Du spinnst, sage ich.

EINE GRUPPENARBEIT, sagt der Professor. Ich halte die Luft an. Ich sehe nach links, nach rechts, da sitzt niemand, ich sehe niemanden, den ich kenne, niemanden, der sympathisch aussieht, niemanden, mit dem ich in einer Gruppe sein möchte, ich sehe niemanden, bis ich Dominik sehe, der die Tür aufmacht, seinen Kopf in den Seminarraum steckt, sein Gesicht mit diesem Lächeln in den Raum schiebt, mit einem entschuldigenden, suchenden Lächeln, er sucht nach einem Sitzplatz, er sieht mich nicht, mein rechter Platz ist frei, ich sitze ganz hinten, ich will meinen Arm heben und winken, ich will schreien, ich räuspere mich, bitte sehr, sagt der Professor und deutet auf einen Stuhl in der ersten Reihe, ich schlucke. Dann liest er die Themen für die Gruppenarbeiten vor, wer sich für ein Thema interessiert, muss die Hand heben und seinen Namen nennen. Er liest und Dominik hebt seine Hand, ich hebe meine Hand, ich, rufe ich. Der Professor sieht auf, einige lachen, lachen mich aus, und wie heißen Sie?, fragt er.
Ich nenne meinen Namen, ich lasse mich auf eine Liste setzen, auf eine Liste mit Dominik, ich habe es geschafft. Wir bilden eine Gruppe. Mehr als zwei Leute sind eine Gruppe und in einer Gruppe hat man immer einen lieber als den anderen, das lernt man spätestens im ersten Semester. Wir setzen uns zusammen, Dominik, ich und noch drei andere Studentinnen, deren Namen ich mir

genauso wenig merke wie ihre Gesichter, Nebenfiguren, das Einzige, was mich interessiert, ist, ob Dominik sich meinen Namen merkt und mein Gesicht, den Klang meiner Stimme, die Abfolge meiner Worte, ob er mich sieht. Ich weiß viel über qualitative Forschungsmethoden, ich kenne mich aus, Dominik nickt mir anerkennend zu, wir schreiben unsere Namen, E-Mail-Adressen und Telefonnummern auf ein Blatt Papier, eine von den drei Studentinnen wird uns mailen, sie lacht viel und laut, Dominik lacht mit, ich schlucke. Passt, sagt er zum Schluss und lächelt uns zu, lächelt mir zu.

MARIE SITZT AM KÜCHENTISCH, schiebt ein Stück Gemüselasagne in den Mund, kaut, schmatzt, sie sagt, sie kann nicht mehr bei Tom bleiben, sie muss weg, bevor er sich zu sehr an sie gewöhnt. Bevor er sich irgendetwas darauf einbildet.
Wohin?, frage ich sie und schenke Wein nach.
Nach Hause, sagt sie und legt die Gabel zur Seite.
Wo ist das?
Marie schüttelt den Kopf.
Warst du schon mal so richtig verliebt?, fragt sie, sodass du gedacht hast, es ist für immer und wenn nicht, dann wirst du sterben?
Ich schüttle den Kopf.
Gut, sagt sie, fang nicht damit an, fang niemals damit an, prost.

Marie steht an die Wand gelehnt und unterhält sich mit einem großen Mann mit Bauchansatz und beginnender Glatze. Vor mir steht einer, der heißt Christian oder Christopher oder Christoph, ich nenne ihn Chris, er will mit mir reden, ich weiß nicht, was ich mit ihm reden soll, es interessiert mich auch nicht, woher er kommt, was er studiert, welche Musik er hört, wie alt er ist und ob er sich meinen Namen merkt. Ich beobachte seinen Mund beim Reden, seinen Mund, der auf- und zugeht und seine Lippen, ich starre auf seine Lippen. Seine

Augen sind nicht schön, er ist überhaupt nicht schön, aber sein Mund, wie er so auf- und zugeht, auf und zu.
Langweile ich dich schon?, fragt er mich.
Ich bin müde, sage ich.
Aber eines trinken wir noch, ich lade dich ein, sagt er, was willst du?
Was Starkes, sage ich.
Wodka Cola?, fragt er.
Dann kann ich nicht schlafen, sage ich.
Willst du mit mir schlafen?, fragt er. Ich starre auf seinen Mund, ich schüttle den Kopf.
Nur Wodka, sage ich.
Wodka pur für die Dame, sagt er.
Chris beugt sich über die Bar. Marie blickt über die Schulter des Mannes, grinst mich an und nickt zustimmend. Chris hat einen kleinen, festen Hintern und einen interessanten Mund, denke ich. Marie küsst den Mann.
Hier ist dein Wodka pur, sagt Chris.
Die scheint sich ja gut zu amüsieren, sagt er mit einem Blick auf Marie und ob ich mich auch manchmal amüsiere, wie viel Wodka ich brauche, um mich zu amüsieren, will er wissen. Der Mund von Chris nähert sich, die Lippen von Chris sind weich, die Pobacken von Chris sind hart, die Zunge zart, die Hände halten, greifen, gleiten, rütteln, schütteln, schlagen mir ins Gesicht, auf den Hintern, ich öffne die Augen, das Bett ist voller langer blonder Haare, das Bett vibriert, der Körper wackelt, der Kopf brummt, ich stöhne, sie lacht.

Du bist echt krass, sagt sie, du hast Unmengen von Wodka getrunken und rumgemacht und dann plötzlich, von einem Moment auf den anderen, ihre Hand knallt auf meinen Hintern.
Bitte nicht, mein Kopf, sage ich.
Von einem Moment auf den anderen hast du genug gehabt, du wolltest nur mehr nach Hause, du hast mich angefleht mitzukommen, mich angefleht, dich nicht allein zu lassen, nie mehr. Allein, sagt sie, hättest du ohnehin nicht mehr gehen können, ich hab Hunger.
Wie viel Wodka habe ich getrunken?, frage ich sie.
Wodka, sagt sie, hilft kurzfristig gegen alles, aber du hast gesagt, so viel Wodka kannst du gar nicht trinken, dass du mit dem Typen mitgehst, du hast wirklich Glück gehabt, dass ich dagewesen, dich weggebracht, gerettet habe, bevor du den so beleidigt, dass der richtig böse, du musst schon, sagt sie, ein bisschen aufpassen auf dich.
Immerhin habe ich es probiert, sage ich, ihn mir schönzusaufen.
Immerhin, sagt sie und sieht mich an und lacht, und ich muss auch lachen, wir lachen beide, immer mehr, das Bett schaukelt, der Kopf zerspringt gleich, mir wird schlecht.
Ich glaub, ich muss kotzen, sage ich, ich hab wirklich Hunger, sagt Marie und geht in die Küche, holt die Auflaufform mit dem Rest der Lasagne, stellt sie zwischen uns ins Bett, willst du auch?

Marie geht zu Tom, denke ich, sie schläft mit Tom, denke ich, ich denke nicht an diesen Chris, ich will an Dominik denken, aber ich sehe die schmalen zusammengepressten Lippen von meinem Ex vor mir, als hätte er gerade gesagt, ich soll wieder zu ihm zurückkehren. Ich folge ihm in das Haus seiner Eltern, wo er in seinem Zimmer sitzt und für eine Prüfung lernt, seine Mutter bringt ihm ein Glas Eiskaffee mit einem Strohhalm darin und sieht mich vorwurfsvoll an. Er sieht aus dem Fenster, zieht am Strohhalm, draußen mäht sein Vater den Rasen, ich bin ein Eindringling in einem Traum, den ich vor langer Zeit geträumt habe, er ist längst mit Marie zusammen, was will er mit so einer wie Marie, sie passt doch nicht zu ihm, so eine Schlampe, er zuckt mit den Schultern, als ginge es ihn nichts an, trinkt den Eiskaffee mit einem lauten Schlürfen, wieso haben seine Eltern es nicht geschafft, ihm Tischmanieren beizubringen, dieses Geräusch ist unerträglich, schmerzt in meinen Knochen, fährt durch meine Eingeweide, kratzt mich auf von innen, ich drehe mich weg und blicke auf meinen Wecker. Ich habe nicht mal eine Viertelstunde geschlafen, ich habe schon lange nicht mehr von meinem Ex geträumt, ich will nie wieder von ihm träumen. Ich steige aus dem Bett, gehe in die Küche, lehne mich gegen die Spüle, trinke ein Glas Wasser. Ich starre auf den Wandkalender, auf die Landschaft mit einem See und Bergen im Hintergrund, ich will weg.

DOMINIK DOKTER in meinem Kopf. Dominik Dokter in meinem Posteingang. Dominik schickt uns, schickt mir einige Literaturhinweise, Dominik schlägt uns, schlägt mir einen Termin für ein Treffen vor, bei dem wir unser Referat vorbereiten, eine der anderen Studentinnen lädt uns, lädt ihn sofort in ihre Wohnung ein, bevor ich sie, bevor ich ihn noch in meine Wohnung einladen kann. Ich stelle mir vor, ich wäre schneller gewesen, ich lade sie in meine Wohnung ein, Dominik und noch eine andere Kollegin, die anderen brauchen wir nicht, zu dritt sind wir eine Gruppe, und es ist ganz klar, wen Dominik lieber hat. Dominik sitzt auf meiner Couch, Dominik raucht auf meiner Couch, Dominik raucht viel. Wenn er raucht, bewundere ich seine Hände, er hält sie vor sein Gesicht. Wenn er nicht raucht, gestikuliert er wie ein Dirigent. Dominik liebt Musik, nicht nur Rockmusik, sondern auch klassische Musik, sogar Jazz. Dominik hört nicht nur FM4, sondern auch Ö1, Dominik ist gebildet und kultiviert. Erst nach dem vierten Bier wird er ein bisschen lockerer, seine Stimme überschlägt sich und er steigt auf die derben Scherze der anderen Studienkollegin ein, die sich in meine Wohnung gedrängt hat. Sie ist laut, viel lauter als ich, sie weiß, wie sie Dominik nehmen muss, wie sie ihn lockermachen kann, sodass er lacht. Wenn er lacht, sieht man Falten rund um seine

Augen. Ich frage mich, ob er mich sieht, ich denke, er hört mir zu, er sieht mich an, wenn er spricht, er lächelt dieses Lächeln, wenn er mich ansieht, ich sehe es in seinen Augen, aber dann geht er. Ich warte, dass er wiederkommt, ich warte, dass er sich meldet, ich warte auf seinen Namen in meinem Posteingang, auf seinen Namen auf dem Display meines Telefons, ich warte, ich warte. Ich bin verliebt, denke ich, nein, ich bin nicht verliebt, würde Marie sagen, Marie würde sagen, du schwärmst nur.

TOM RÄUMT DIE GLÄSER aus dem Geschirrspüler in die Regale, er beugt sich hinunter, seine Boxershort ist rot. Marie sitzt neben mir, zieht an ihrer Zigarette. Mach mal lauter, sagt sie zu Tom. Er dreht den Lautstärkeregler nach oben, passt so, sagt er, perfekt, sagt sie. Maries Oberkörper wippt vor und zurück, sie summt mit, öffnet die Lippen *oh, how he loved – he loved prison. How awfully lovely was prison*, sie legt den Kopf schief und jammert, *prison*, sie lacht, ich liebe CocoRosie, sagt sie, sie hebt die Arme, schlägt die Augen nieder, bewegt sich durch den Raum, zwischen den Tischen und Stühlen hindurch Richtung Bar, Richtung Tom, sie umkreist ihn, er bleibt stehen, sieht sie an. *His greatest love was executed*, jault sie, Tom schüttelt den Kopf, *the pure romance was undisputed*, er wirft mir einen fragenden Blick zu, ich zucke mit den Schultern, schließe die Augen.

GUT GEMACHT, sagt der Professor. Wir waren echt gut, sagt Dominik, wir stehen draußen und rauchen. Du hast uns rausgerissen, sagt Dominik zu mir. Du warst aber auch nicht schlecht, sagt die andere Studienkollegin zu Dominik und boxt ihm in den Oberarm. Dominik lacht. Wir haben uns ein Bier verdient, sagt sie. Dominik nickt. Wir gehen, Dominik bleibt zurück, ich drehe mich um, sehe ihn fragend an. Ich muss kurz telefonieren, sagt er, ich komm gleich nach.

Nach dem dritten Bier sagt er, dass er nicht neben anderen gehen kann, es geht einfach nicht. Sitzen ist kein Problem?, fragt die Studienkollegin, Dominik lacht, nein, sagt er. Sein Knie berührt meines, bilde ich mir ein, schon ist es wieder weg. Er greift in seine Tasche, überreicht mir eine CD, eine von ihm selbst gebrannte CD, seine Schrift auf dem Cover. Ich sehe ihn an. Er greift in seine Tasche, überreicht der einen Studienkollegin eine CD, der anderen auch eine CD, der dritten auch eine CD, sie brechen in Begeisterungsstürme aus, eine steht auf und umarmt ihn. So cool, rufen sie, du bist der Wahnsinn. Er winkt ab, bestellt noch ein Bier, das ist sein viertes Bier, ich sehe, wie locker er ist, wie entspannt, ich denke an Marie. Was würde Marie jetzt machen. Dominik dreht sich zu mir: Das könnte dir gefallen, sagt er. Ich nicke, zünde mir eine Zigarette an, starre auf die

CD. Ich will nach Hause gehen und sie anhören, ich will sofort nach Hause gehen und sie anhören, ich will sie immer und immer wieder anhören.

WIR SITZEN IM PARK neben unserer Schule, sitzen wieder hinter der kleinen Hecke, neben den Schaukeln, auf unserem Tisch, unseren Bänken. Es gibt Bier. Es gibt Schnaps. Es gibt Gras. Willst du einen Schuss?, fragt Peter Julu.

Sie nickt. Peter steckt sich den Joint mit dem glimmenden Ende in den Mund, beugt sich zu Julu und hält ihr Kinn fest. Julu öffnet den Mund, Peter bläst, sie atmet tief ein.

Du auch?, fragt Peter mich.

Ich nicke, sein Gesicht nähert sich meinem, seine Lippen nähern sich, seine Augen, sein Blick, ich inhaliere.

Ich fühl mich, als wäre ich wieder sechzehn, kichert Julu.

Da wart ihr beide zusammen, sage ich.

Erinnere mich nicht daran, sagt Julu.

Peter boxt sie in die Seite, hey, sagt er.

Kannst du dich noch an unser erstes Mal erinnern?, ruft sie und beginnt zu lachen. Sie beugt sich nach vorn, hält sich den Bauch.

Pinkel dich nicht an, sagt Peter.

Und ihr, sagt Julu zu mir, ihr seid auch mit sechzehn zusammengekommen, ich weiß es noch genau. So ein Langweiler, der Alexander, er hat nie mit uns Schulschluss gefeiert, nie mit uns getrunken und gekifft, nur einmal, ein einziges Mal und danach wart ihr zusammen. Alkohol!, ruft Julu und greift nach der Schnapsflasche.

Aber ich habe mich schon auf eure Hochzeit gefreut, sagt sie und trinkt.

Unser Traumpaar, sagt Peter.

Julu seufzt und hält mir die Flasche hin. Die beiden beobachten mich, wie ich den letzten Schluck trinke, sie warten, ich sage nichts, was soll ich sagen. *Jetzt endlich weißt du, dass deine Eltern nur dich zeugten, damit du hier wie ein Vollidiot*, singt Sven Regener aus Julus Telefon. Ich stehe auf, gehe zur Schaukel, setze mich auf das Plastik, umschließe die Kette mit meinen Händen, stoße mich ab. Ich lehne mich nach vorn, lehne mich zurück, schaukle mich höher *und du weißt, dass dein Vater sich fragt: »Wird er es bringen?« und deine Mutter sagt »Nein«* und ich denke an jenen Abend, an dem Alexander mitgekommen ist, seine Hand in meine Hand geschoben hat, sie festgehalten und nicht mehr losgelassen hat, denke daran, wie er geschwitzt hat, wie feucht die Hand gewesen ist, wie rutschig, wie er mit einem seiner Finger über meine Handinnenfläche gestrichen hat, wie schön sein Profil ausgesehen hat im Schein der Straßenlaterne, wie meine Hand langsam wund geworden ist, wie sehr ich mich gefreut habe, dass er wegen mir, dass er mich, dass er mit mir, *und du weißt, dass dein Vater sich fragt: »Wird er das bringen?« und deine Mutter sagt »Nein«* und dass ich meine Hand nicht weggezogen, sondern mir gesagt habe, dass das Reiben von Haut auf Haut nicht so wehtun kann, dass ich überreagiere, überempfindlich

bin wie so oft, dass das Reiben von Haut auf Haut dazugehört *und du weißt, dass dein Vater jetzt sagt: »Das sind nur drei Meter!« und deine Mutter sagt »Nein«* und dass ich mir zuletzt sogar gesagt habe, dass diese Art von Schmerz etwas mit Lust zu tun hat und später dann, dass das Zulassen dieses Schmerzes Liebe sein muss.
Jetzt musst du springen, singt Sven, ruft Julu, denke ich. Ich lasse die Kette der Schaukel los, fliege durch die Luft, lande, knalle gegen Peter. Wir liegen in der Wiese und lachen.
Mir ist kalt, sage ich, gehen wir zu Tom?

Marie nimmt Gläser aus dem Geschirrspüler, füllt sie, Marie hat alle Hände voll zu tun, sie nickt uns zu. Bei ihr an der Bar sitzt Clemens, er dreht sich um und winkt. Tom läuft zwischen den Tischen umher, begrüßt uns.
Der Tisch dort wird frei, Hölle los heute, sagt er. Was wollt ihr?
Wir bestellen Bier. Obwohl mir schwindlig ist, vom Schaukeln, vom Kiffen, obwohl Marie schwer beschäftigt ist, gehe ich zu ihr an die Bar, stelle mich neben Clemens.
Du siehst heiß aus, sagt Marie.
Ihr seht heiß aus, sagt Clemens.
Ich drehe mich weg und sehe mich um, schaue, ob irgendwo Dominik auftaucht, ich sehe nur Tom, der durch den Raum läuft und Marie, die plötzlich ganz dicht vor mir steht, mir die Hände auf die Schultern legt und mir ins Ohr haucht: Peter.

Was meinst du?, frage ich, doch sie ist schon wieder weg, steht wieder hinter der Bar, zapft Bier und zwinkert mir zu. Tom stellt sich neben sie, er sieht mich fragend an.
Habt ihr wieder einmal Schulschluss gefeiert?, fragt er.
Und wer den Schulabschluss nicht gemacht hat, darf nicht mitfeiern, sondern muss arbeiten, sagt Marie. Tom zwickt sie in die Hüfte, sie verschüttet Bier.
Dafür hat er ein eigenes Lokal und kann seine Angestellten sexuell belästigen, sagt sie und gibt ihm mit ihrer Hüfte einen Schubs.
Ich gehe zurück zu unserem Tisch, lasse mich neben Peter und Julu fallen. Ich beobachte Marie hinter der Bar. Während sie arbeitet, spricht sie mit Clemens, sie legt ihren Kopf schief, streicht sich die Haare aus dem Gesicht, er gibt ihr Feuer. Tom tänzelt um sie herum, sie beachtet ihn nicht.
Was ist eigentlich mit Tom?, fragt Julu.
Und was ist mit dir?, fragt Peter mich.
Auf meiner Stirn steht noch immer, dass ich nicht zu haben bin, schau, sage ich und drehe mich zu ihm.
Peter beugt sich nach vorn, untersucht meine Stirn, er riecht gut, denke ich, er nimmt eine Serviette und wischt mir damit über die Stirn.
So geht das nicht, sagt Julu, sie nimmt eine Serviette und spuckt drauf, ich schreie, Peter hält mich an den Handgelenken fest, Julu tut, als wolle sie mit der angespuckten Serviette über mein Gesicht wischen. Benehmt euch, ruft Marie im Vorbeigehen. Benehmt euch in meinem

Lokal, sagt Tom, ich meine es ernst. Brauchst du Hilfe, soll ich sie rausschmeißen?
Ich schüttle den Kopf.
Es ist weg, alles in Ordnung, sagt Peter.
Ich sehe zu Marie, die den Daumen nach oben streckt.
Wollt ihr noch was trinken?, fragt Tom.
Zahlen, sage ich, ich kann nicht mehr.
Ich bring sie nach Hause, sagt Peter.

PETER PRESST DIE LIPPEN zusammen, mein Name knirscht zwischen seinen Zähnen.

MAN SOLLTE IMMER eine Sonnenbrille dabeihaben, ich denke an ein Taxi, ein Taxi am Vormittag ist übertrieben, denke ich, zusammenreißen. Man sollte immer eine frische Unterhose dabeihaben, denke ich, man sollte nicht in solche Situationen kommen, wo man ohne Sonnenbrille, ohne frische Unterhose am liebsten in ein Taxi steigen möchte. Ich gehe weiter und ich denke nicht an Peter, denke an Marie, die gestern nicht mit Clemens, die gestern nicht mit Tom, die gestern noch weitergegangen ist und sich einen Rockstar aus Australien aufgerissen hat. Der Rockstar hat wilde schwarze Locken, die sein Gesicht verdecken. Sie sieht nur seinen großen Mund mit den vollen Lippen. Marie hebt den Arm und streicht mit dem Daumen darüber. Sie streicht ihm die Haare aus dem Gesicht. Er blinzelt. Er hat lange, schwarze Wimpern. Good morning, sagt er.

Indeed, sagt sie und lässt sich auf den Rücken fallen. Sie atmet einmal tief ein, dann ist er über ihr, seems like a good morning to me, sagt er.

Ich schließe die Tür zu meiner Wohnung auf. Der vertraute Geruch. Die Ordnung. Die Ruhe. Ich gehe ins Bad, ich ziehe mich aus, betrachte mich im Spiegel. Der Bauch auf den Hüften, Beine wachsen daraus, mit Füßen am Ende, auf denen ich stehe. Oben zwei Brüste, deren Anblick mich peinlich berührt, ich denke nicht an Peter, nein. Weiter oben die Schultern, darauf ein Hals, ein Kopf, er zerspringt. Ich stelle mich unter die Dusche, eiskaltes Wasser, presse die Zähne zusammen, eiskaltes Wasser auf den Kopf, über den Rücken, und Marie schreit vor Lust und Freude und Erregung, während der Rockstar schreit, baby, I can't go on und sie, don't stop, don't stop und er, you're so hot, I'm sorry, you're just too hot und sie, did you know we say »vögeln« for fucking, it means »birding«, funny, ha? und er, baby, I really love to be your lovebird, but I have to fucking check out and fly to some other European city. You should fly with me und sie überlegt und lacht und sagt I ain't no groupie, I got a life, you know und springt unter die Dusche, trinkt Kaffee, der vom Frühstücksservice übriggeblieben ist, geht durch die Hotelhalle hinaus in die Hitze, setzt ihre Sonnenbrille auf, ruft mich an. Gehen wir baden, sagt sie.

ICH KANN MIR Marie gut im Freibad vorstellen, wie sie über die Wiese geht, mit zwei Bierdosen und einem Pappteller mit Pommes frites, wie sie Pommes frites ins Ketchup tunkt und in den Mund schiebt. Ich sehe sie vor mir, in einem Freibad an der Alten Donau. Aber Marie sagt, wir müssen zur Donauinsel, auf der Donauinsel gibt es genügend Plätze, an denen man baden kann, Marie sagt, ich brauche kein Chlor, keine Sanitäranlagen, keine Toilette, keine Eintrittsgebühr, ich brauche nicht mal einen Bikini. Bis zum FKK-Bereich ist es zu Fuß aber zu weit, sage ich. Marie seufzt, Marie marschiert neben mir in ihren Flipflops. Wir bräuchten ein Fahrrad, sagt sie. Marie und ich marschieren vorbei an den halbnackten Körpern, an der sonnenverbrannten Wiese, wir marschieren auf glühendem Asphalt. Hier ist es doch schön, sagt Marie und deutet auf ein kleines, freies Stück Wiese direkt am Wasser, unter einem Baum. Okay, ich habe eine Decke mit, sage ich, eine isolierte Picknickdecke. Marie lacht und streift sich das T-Shirt vom Körper, schlüpft aus ihrer Hose, öffnet ihren BH. Ich stecke meinen Kopf in den Rucksack, krame nach meinem Handtuch, breite es auf der Decke aus, staple mein Gewand.

Kommst du?, fragt Marie. Sie geht ein paar Schritte über die Wiese, über die Erde, über die Steine, ohne mit der Wimper zu zucken, ich stöhne, so spitz, sage ich, sie lacht und taucht mit dem Kopf voran ins Wasser, verschwindet. Die Donau ist nicht blau, sondern schwarz. Maries Kopf taucht aus dem Wasser auf und bewegt sich weiter von mir weg, ich folge ihr. Sie schwimmt konzentriert, kraftvoll, schnell, ich strenge mich an, ich reiße mich zusammen, ich sehe nicht nach unten, sehe nicht ins Schwarze, denke nicht an die Tiefe, ich schwimme neben Marie, schwimme immer weiter, bis zur Mitte, über die Mitte hinaus, bis ans andere Ufer. Marie lächelt einer Gruppe von Männern zu, die am Ufer sitzen, sie lächelt der Donau zu, die von dieser Seite noch viel dunkler aussieht als von der anderen, lächelt mich an. Wir setzen uns auf den warmen Asphalt, ignorieren die Männer.

Wie war's?, fragt sie, was ist das Problem, hast du wirklich noch nie einen Orgasmus gehabt? Du musst einfach nur loslassen, sagt sie, ich bring dir das bei, schwimmen wir zurück. Wir tauchen ins Wasser, ich habe Sehnsucht, sagt sie, nach dem Meer, nach der Weite, Wien ist zu eng, ich halte es nicht mehr aus in Toms Bar, in Toms Wohnung, in der Stadt, ich kann nicht mehr atmen, ich will nach Australien oder nach Neuseeland, ans andere Ende der Welt, ich träume von einem Segeltrip, von der Karibik, von einem Festival am Meer, sagt sie und sieht mich kurz an und ich sage, wir könnten doch ans Meer fahren. Oder, sagt sie, bevor wir das Ufer erreichen, du kommst mich besuchen in meinem Kaff. Sie sieht mich an, etwas streift mein Bein, ich zucke zurück, eine Welle schlägt gegen mein Gesicht. Warum nicht, sage ich, sie lacht und taucht unter, ich sehe ihren Körper und wie er langsam verschwindet, sie taucht Richtung Ufer, ich schwimme hinter ihr her, weiche den Algen aus, den Schlingpflanzen, so viele Schlingpflanzen, wie sie da durchtauchen kann, wie sie so lange die Luft anhalten kann, wo ist sie, wo ist sie hin? Ich hole Luft, tauche unter, tauche durch den Wald aus Pflanzen, sehe nach links und rechts, sehe nichts, kein anderer Körper weit und breit. Ich tauche auf, sehe den Eiswagen, beginne zu kraulen, will ihn erreichen, schreien, Hilfe holen. Als ich das Ufer erreiche, steht Marie vor mir, in ihrer Hand zwei Dosen Radler.

Ich stehe vor dem Badezimmerspiegel, betrachte die Rötungen auf meinem Nasenrücken, auf meinem Dekolleté.
Welche Pizza willst du?, ruft Marie.
Vegetarisch, rufe ich.
Ich dusche mich ab, creme meinen Körper mit After-Sun-Lotion ein, die Türglocke läutet, ich ziehe mich an, gehe in die Küche. Marie hält mir eine kühle Dose Radler entgegen und öffnet den Pizzakarton.
Ich liebe deine Wohnung, sagt Marie. Ich bin froh, dass du mit Peter geschlafen hast, ich habe schon gedacht, du stehst nicht auf Männer. Nichts gegen Frauen, aber mit Frauen ist es noch komplizierter.
Sie schaltet das Radio ein, dreht lauter, schleckt sich die Finger ab, leert ihren Radler, zündet sich eine Zigarette an, tanzt durch meine Küche, steht neben mir im Bad,

tuscht die Wimpern, zieht die Lippen mit rotem Lippenstift nach, geht mit mir zur letzten U-Bahn, schiebt mich zur Bar, bestellt Gin Tonic, verschwindet tanzend in der Menge.

DOMINIKS SCHULTERN sind breit. Sie bewegen sich durch den Gang des Instituts. Dominiks Haare sind blond, sie locken sich, berühren die Decke. Er hebt die Arme, drückt auf den Knopf, drückt sich gegen die Tür. Ich starre auf die schmalen Hüften, auf die Beine, sehe ihnen zu, wie sie um die Ecke biegen. Warum gehst du ihm nicht nach?, fragt Marie. Ich muss ins Sekretariat, denke ich. Ich muss mein Zeugnis holen, muss meine Zeugnisse abholen, ich muss doch wissen, welche Noten ich bekommen habe, ich kann doch nicht einfach, ich muss doch wissen, die Tür fällt mit einem Knall zu, ob ich überhaupt bestanden habe.

WARUM HAST DU dich nicht eingecremt?, fragt die Mutter.
Marie hat sich auch nicht eingecremt, sage ich.
Du musst auf dich aufpassen, schimpft die Mutter.
Was machst du überhaupt hier?, frage ich.
Ich drehe mich um, öffne die Augen, die Mutter ist ein Traum, das Brennen auf der Haut ist echt. Ich steige aus dem Bett, gehe ins Badezimmer, nehme die After-Sun-Lotion, stöhne, ärgere mich. Ich greife wahllos nach einem Band aus den gesammelten Werken Freuds, lege mich wieder ins Bett, lese *wir könnten sagen, sie sei latent gewesen, und meinen dabei, dass sie jederzeit bewusstseinsfähig war*, der Körper pulsiert, die Temperatur pendelt zwischen heiß und kalt, ich lese *solange die Vorstellung im Zustand der Latenz war, war sie überhaupt nichts Psychisches*, ich denke an Dominik, was würde er dazu sagen, *für manche Zwecke der Darstellung kann man diese Unterscheidung vernachlässigen, für andere ist sie natürlich unentbehrlich*, ich denke an Marie. Sie hat gesagt, sie müsse weg, sie müsse heim, müsse aufs Land, auftanken. Komm mich besuchen, hat sie gesagt. Triff doch endlich deinen Dominik, hat sie gesagt. Ruf ihn an, hat sie gesagt. Was soll schon passieren? Ich greife nach meinem Telefon. Es leuchtet. Auf dem Display steht Julus Name. Ein Anruf in Abwesenheit. Eine neue Nachricht. Alles klar bei dir?, schreibt Julu.

Ich schiebe das Telefon zur Seite, es leuchtet erneut.
War schön mit dir. Alles klar zwischen uns?, schreibt Peter.
Ich will mich kratzen, ich darf mich nicht kratzen, ich muss stark bleiben, ich muss das aushalten, ich muss Peter loswerden, ich muss Dominik anrufen, ich muss Dominik treffen, ich muss Dominik, ich muss Marie, ich muss Marie besuchen, ich muss mit Marie ans Meer fahren, ich muss Marie fragen, ob sie bei mir einzieht, irgendwann.

ICH SCHIEBE das Zeugnis in eine Klarsichthülle, ich stecke die Klarsichthülle in einen Ordner, *unser erster Traum war eine Wunscherfüllung,* stelle den Ordner ins Regal, *ein anderer stellt sich vielleicht als eine erfüllte Befürchtung heraus,* nehme den Staubwedel, *ein dritter mag eine Reflexion zum Inhalt haben,* fahre mit dem Wedel über die Oberflächen, *ein vierter einfach eine Erinnerung reproduzieren,* wedle von Regal zu Regal, *gibt es also noch andere Wunschträume?,* wedle durch meine Wohnung, *oder gibt es vielleicht nichts anderes als Wunschträume?,* bis alles sauber ist, ich denke an Dominik, ich denke, ich rufe ihn jetzt einfach an, ich denke, er ist ein wenig überrascht, aber er freut sich, er fragt mich, wie es mir geht, er sagt, es gehe ihm gut, er fahre übermorgen zu seinen Eltern und dann nach Nicaragua, er sagt, er werde in Nicaragua mit Straßenkindern arbeiten, er werde herumreisen, er sei schon aufgeregt, er sagt, er hätte mich gerne noch gesehen, er sagt, er hätte einem Freund versprochen, heute auf dessen Jazzkonzert zu gehen und er fragt mich, ob ich Lust hätte auf so ein Jazzkonzert, ob ich nicht Lust hätte mitzukommen und ich denke, ich sage Ja. Mit der Pinzette zupfe ich die Haare dort weg, wo sie am meisten stören, wo es am meisten schmerzt, reiße sie aus der dünnen Haut über meinen Lidern, kneife die Augen zusammen, sehe mich nur noch verschwommen.

Du siehst anders aus, sagt Dominik.
Ich beuge mich über den Tisch nach vorne, nippe am Wein, lächle, lehne mich zurück.
Ich weiß nicht genau, was es ist, sagt Dominik.
Ich streiche mir eine Haarsträhne aus dem Gesicht, blicke in seine Augen, zähle die Lachfalten.
Hast du einen neuen Freund? Eine neue Freundin?, fragt er. Ich lache auch.
Sonnenbrand, sage ich.
Steht dir gut, sagt er und winkt dem Kellner. Der stellt noch ein Glas Wein und ein Glas Bier auf den Tisch, Musiker betreten die Bühne. Der Wein und die Bässe pulsieren in meinem Körper, die Töne verdichten sich, breiten sich aus. Dominik sitzt links von mir, die Beine schräg von sich gestreckt, die Beine direkt neben mir, neben mir die Wärme seines Körpers, das Blut in seinen Adern, denke ich und dass ich sein Blut sehen könnte. Ich betrachte meine Hand, ich brauche sie nur fallen zu lassen und sie würde auf seinem Knie landen, direkt auf seinem Knie oder auf seinem Oberschenkel, auf der gestreiften Hose, ich würde mit dem Finger die Streifen nachzeichnen, jeden einzelnen. Doch ich hebe die Hände, ich klatsche, Dominiks Blick trifft meinen, er lächelt, Dominik beugt sich zu meinem Ohr, Dominik fragt: Gefällt es dir? Ich nicke. Mit jedem Ton, den die Musiker auf ihren Tasten und Seiten und Schellen erzeugen, gefällt es mir besser, sehe ich klarer, sehe ich Marie und jeden Mann, mit dem sie geschlafen hat, jeder nicht mehr als ein Ton auf einer Leiter, die sich steigert

und niemals den Höhepunkt erreicht und immer nur gut genug ist für diesen verfickten Zwischenapplaus, die eine Hand schlägt gegen die andere, die eine Hand wird niemals auf Dominiks Oberschenkel landen, die andere auch nicht.

Du siehst müde aus, sagt er.

Das ist der Sonnenbrand, sage ich. Den kalten Wein über die Oberarme gießen, denke ich, ihm den Wein über den Oberschenkel leeren, ihm den Wein ins Gesicht schütten. Dominik mit den Waisenkindern in Kenia, so ein Schwachsinn, denke ich. Marie fehlt mir, mir fehlt Maries Hand, die sich auf Dominiks Schenkel gelegt hätte wie von selbst, ich wippe mit dem Bein. Ich denke an Marie, Marie bei ihrer Familie, ich klatsche, ich trinke meinen Wein, blicke auf Dominiks Knie, ich kann ihn nicht berühren, nicht haben, ich schaffe es nicht, es geht einfach nicht. Ich schiebe den Wein von mir, stehe auf. Ich bin dahin, sage ich. Schade, sagt er und gibt mir einen Kuss auf die linke und einen auf die rechte Wange, ich spüre es kaum, ich denke noch immer an das Knie, an die unmögliche Berührung, ich gehe, verlasse das Bild, lege mich ins Bett, versuche zu schlafen, denke wieder an Marie.

Sie sitzt sicher schon im Zug und döst vor sich hin, bis das Handy in ihrem Schoß vibriert. Maries Mutter, die sie nicht abholen kann. Marie, die nach der Flasche Cola greift, die zwischen ihre Beine und den Sitzbügel gerutscht ist, Marie, die ihren Bruder anruft, der sie auch nicht abholen kann, obwohl es draußen donnert und blitzt. Marie, denke ich, würde durch das Gewitter hindurch nach Hause gehen, vielleicht, ich weiß es nicht.

ICH BALLE DIE HAND zur Faust und beobachte, wie der Teig zwischen den Fingern durchquillt. Ich stecke einen Finger nach dem anderen in den Mund, schlecke ihn ab, schlecke die Reste von den Fingern, greife noch mal in die weiche, warme Masse hinein, quetsche sie zusammen, schlecke sie von der Hand. Ich muss Marie nach ihrer Kindheit fragen, denke ich, die Schokoladenrippen zerfallen, werden zu einer dicken, dunklen Sauce, ich leere sie zum Teig, kratze die Schüssel mit einem Löffel aus, stecke den Löffel in den Mund, presse die Zunge fest gegen das Metall. Ich muss Maries Mutter kennenlernen, denke ich, ich fülle die Backform und schiebe sie ins Rohr, ich setze mich auf den Boden, sehe dem Teig beim Aufgehen zu, warte, bis der Duft sich in der Küche ausbreitet. Ich will wissen, wo sie herkommt, wo sie aufgewachsen ist, will ihre Brüder kennenlernen, ihren Vater, ihre Freunde, ich will sie kennenlernen, denke ich. Die Masse ist perfekt aufgegangen. Sie fällt nicht zusammen, als ich sie aus dem Rohr hole und aus der Backform stülpe. Ich koste ein kleines Stück, das vom Rand abbröckelt, ich bin zufrieden, die Mutter wird zufrieden sein, alle werden zufrieden sein. Die Glasur wird genauso perfekt sein wie der Teig, alles wird perfekt sein, ich werde perfekt sein.

Ich stehe vor dem Kleiderschrank der Großmutter, der mein Kleiderschrank ist, und suche nach einem passenden Rock, nicht zu lang, nicht zu kurz, nicht zu schwarz, nicht zu bunt, ich suche den Rock, den die Mutter mir zum Geburtstag geschenkt hat, nach dem einzigen Rock, den ich zu ihrem Geburtstag anziehen kann.
Ich suche nach der passenden Bluse, nicht zu kurz, nicht zu lang, nicht zu durchsichtig, nicht zu düster, eine Bluse, die mir die Mutter geschenkt hat, eine Bluse, die sie mag.
Ich suche nach den richtigen Schuhen, nicht zu flach und nicht zu hoch, nicht zu sexy, nicht zu sportlich, Schuhe, die ich wie immer sauber putze, um der Mutter zu zeigen, dass alles in Ordnung ist mit mir. Ich lache, ich bin zufrieden, ich nehme den perfekten Kuchen und mache mich auf den Weg in den ersten Bezirk, bleibe beim Blumengeschäft stehen. Ich habe eine Orchidee bestellt, sage ich der Verkäuferin und nenne ihr meinen Namen. Soll ich sie einpacken?, fragt die Verkäuferin, ich nicke. Die Orchidee hat Luftwurzeln und kann keine Nährstoffe aus der Erde aufnehmen, sagt die Verkäuferin, Sie müssen sie regelmäßig ins Wasser stellen und diesen speziellen Dünger verwenden. Sie hält mir ein Säckchen hin. Am besten immer zur gleichen Zeit, für etwa eine halbe Stunde, sagt sie. Ich nicke und bezahle. Die Orchidee in der einen, den Kuchen in der anderen Hand nähere ich mich dem Lieblingslokal der Mutter, ich kämpfe gegen den Wind. Er zerrt am Geschenkpapier, zerreißt es, schlägt es mir ins Gesicht, ich

habe Angst vor dem nächsten Schnitt. Ich spüre, wie der Kuchen im Behälter hin und her rutscht. Marie würde fluchen, denke ich, aber ich bin gut erzogen, ich fluche nicht mitten auf der Straße. Ich trage die Orchidee vor mir her, schiebe mich durch die Tür, halte der Mutter Orchidee und Kuchen entgegen.
Alles Gute, sage ich.
Oh mein Gott, sagt sie, was hast du dir da wieder angetan, sie winkt nach dem Vater, der ihr den Kuchen abnimmt, sie wirft einen Blick durch die Verpackung der Orchidee, wunderschön, sagt sie, wunderschön, genau mein Geschmack. Sie lächelt meiner Bluse zu und gibt mir ein Küsschen links, ein Küsschen rechts, nimm meine Bürste, flüstert sie, sie ist in meiner Tasche.
Und Großmutter?, frage ich.
Es geht ihr nicht gut, sie ist im Heim geblieben, sagt sie.
Und die Eltern von Alexander?, frage ich.
Die hatten keine Zeit, sagt sie und reicht mir ihre Tasche.
Die Bürste, sagt sie.
Ich nicke, nehme die Tasche, gehe aufs Klo und bürste, bürste, bürste meine Haare.

TOM HEBT DIE AUGENBRAUEN. Ich setze mich zu ihm an die Bar, beobachte ihn, wie er Bier zapft, beobachte ihn, wie er eine perfekte Schaumkrone kreiert.
Wie geht's Marie?, fragt er.
Ich weiß es nicht, sage ich.
Weißt du, was du trinken willst?, fragt er mich.
Gin Tonic, sage ich.
Du siehst fertig aus, sagt er.
Ich war gerade auf der Geburtstagsfeier meiner Mutter, sage ich.
Also einen doppelten, sagt er.
Ich sehe weg, als er mir das Glas hinschiebt, als er mich ansieht, als würde er gleich wieder fragen wollen, ob es mir gut geht, ob alles in Ordnung ist.
War Peter da?, frage ich.
Er und Julu sind im Flex, sagt er, du kannst ja auch hingehen. Er dreht sich um, öffnet eine Lade, schiebt ein paar Flaschen hin und her. Ich ziehe an meinem Strohhalm, schaue auf seinen Hintern, schaue schnell wieder weg. Ich greife zum Telefon, ich will Marie schreiben, will ihr schreiben, dass ich sie hier brauche, dass ich nicht klarkomme ohne sie.
Willst du noch einen?, fragt Tom.
Ich sollte nicht so viel trinken, sage ich.
Tom nickt und stellt mir ein Glas Wasser hin. Vielleicht

hast du recht, sagt er, du solltest nicht trinken, wenn du trinkst, bist du nicht du selbst.
Ich muss gehen, sage ich und stehe auf, ohne mich zu verabschieden, ohne zu zahlen, ohne mich umzudrehen, gehe ich hinaus, es hat abgekühlt, ich will nicht nach Hause, nach Hause in die leere Wohnung, ich schaue auf mein Handy, ich schreibe Marie: Marie, lass uns gemeinsam wegfahren, ich schreibe Julu: Julu, bist du unterwegs? Julu schreibt: Wir sind beim Flex. Komm her!

Alles klar bei dir?, fragt Julu und drückt mir eine Bierdose in die Hand.
Familienfeier, sage ich, und zu viel getrunken.
Das Bier zischt, ist warm, schmeckt grauenhaft, ich sollte nach Hause gehen.
Peter ist am Klo, sagt Julu.
Ich nicke, ich schweige, ich trinke, ich rauche, ich sehe Peter, wie er vom Klo zurückkommt, ich habe mir niemals etwas aus Peter gemacht, ich mache mir jetzt auch nichts aus ihm, denke ich, er gibt mir ein Küsschen auf die linke oder auf die rechte Wange, oder ist es der Mundwinkel, wie geht es dir, alles klar, du siehst müde aus, sagt Peter und setzt sich dicht neben mich.
Was machst du eigentlich im Sommer?, fragt er mich, sein Gesicht ist zu nahe, ich bin eingezwängt zwischen ihm und Julu, ich will weg, sage ich.
Wohin?, fragt er.
Ans Meer, sage ich.

Ich will auch ans Meer, sagt Julu mit einer Bierfahne, sie haben mich eingezwängt. Wir könnten gemeinsam ans Meer fahren, sagt Julu, nach Kroatien, sagt Peter, wir nehmen dich einfach mit, sagt Julu, genau, sagt Peter, ich muss aufs Klo, sage ich. Ich stecke zwischen den beiden fest, habe keinen Platz, um meine Beine unter dem Tisch hervorzuziehen, ob ich Hilfe brauche, fragt Peter und grinst, warte, ich komm mit, sagt Julu, steht auf, lässt mich raus, hakt sich bei mir unter und führt mich Richtung Toilette.

Na, so was, sagt Julu.

Was denn?, frage ich.

Ich glaub, der Peter steht auf dich, sagt sie.

Der steht doch auf jede, sage ich, seit ihr nicht mehr zusammen seid, und winde mich aus Julus Arm. Auf der Toilette ziehe ich mein Telefon aus der Tasche, ich lese die Nachricht von Marie: Komm mich besuchen.

DER VENTILATOR SURRT. Er dreht sich von links nach rechts, von rechts nach links, mit einem Grinsen bläst er mir kühle Luft ins Gesicht. Sie vermischt sich mit dem Rauch der Zigaretten, der Rauch schlängelt sich an meinen Vorhängen entlang nach oben, die Stimme des Radiomoderators umkreist mein Ohr mit Kriegshandlungen, Autounfällen, Sturmwarnungen und den Highlights des Festivalsommers. Im Fenster des Backrohrs spiegelt sich das Gesicht von Alexander. Ich zelte doch nicht drei Tage lang im Schlamm mit einer Horde Betrunkener, höre ich Alexanders Stimme aus dem Backrohr. Ich drehe den Kopf, nehme einen Schluck Wasser, leere mir den halb geschmolzenen Eiswürfel in den Mund, frage mich, ob er an meiner Zunge festkleben wird. Warum ruft niemand an? Ich frage mich, wie lange ich noch hier sitzen und dem Geräusch des Ventilators zuhören und sein Grinsen ertragen muss, bis jemand anruft und mich hier herausholt, ich frage mich, warum ich eingesperrt bin, sage mir, dass ich nicht eingesperrt bin, dass ich jederzeit hinausgehen kann, jederzeit, und zerbeiße die Reste des Eiswürfels im Mund, schalte den Ventilator aus, das Backrohr ein, ich grinse. Reiß dich zusammen, sage ich mir und schalte es wieder aus, beuge mich über die Spüle. Ich klatsche mir kaltes Wasser ins Gesicht, zwicke mich in die Wange, schlage mir ins Gesicht.

Ich schaffe es, ich schaffe es, sage ich mir. Mich anzuziehen. Hinauszugehen. Unter Menschen. Ich gehe ins Schlafzimmer. Der Kleiderschrank knarrt. Ich ziehe mich aus, bin nackt, kalt. Etwas anziehen, ich schaffe das. Ich drehe den Schlüssel um, die Türen schwingen auf, ich starre auf die Stapel mit Jeans, T-Shirts, Pullovern. Seit wann habe ich so viele Kleidungsstücke? Ob die mir passen, ob die alle mir gehören, bin ich nicht allergisch auf diese Stoffe, auf die billige Viskose, den orangen Wollpulli habe ich doch schon längst nicht mehr, ich bin doch allergisch auf Orange, auf Gelb und ganz besonders auf Rosa, Rosa steht dir nicht, sagt die Mutter. Ich greife nach einer ausgewaschenen rosaroten Unterhose. Der Stoff ist weich. Ich zupfe einen Fussel weg, schlüpfe in die Unterhose. Ich suche den BH dazu, ich finde meinen allerersten BH, einen rosaroten BH ohne Bügel, ich versuche meine Brüste in meinen allerersten BH zu quetschen, meine Brüste sind zu groß, sie springen mir entgegen. Ich hatte immer kleine Brüste, viel zu kleine, ich sehe Alexander vor mir, wie er sagt: Kleine Brüste gefallen mir am besten, ich sehe ihn vor mir, wie er mit einer Hand meine beiden Brüste fassen kann, mein kleiner Hintern passt in seine große Hand, so klein bin ich, so groß ist er, denke ich, ich bin wieder nackt, die rosarote Kinderunterwäsche ist verschwunden, ich greife nach einer schwarzen Unterhose, nach meinem schwarzen Spitzen-BH, der ist nuttig, sagt Alexander, schnell ziehe ich ein schwarzes T-Shirt darüber, ich sehe die Mutter vor mir, immer nur schwarz,

sagt sie, ich schlüpfe in die Jeans, zieh doch mal einen Rock an, sagt sie, ich will einen Pullover anziehen, doch wieder bin ich nackt, wieder blicke ich auf meine Brüste, sie sind zusammengeschrumpft, sie frieren, die versuchen sich in den Brustkorb zurückzuziehen und kitzeln mich dabei, ich muss lachen, hört auf, sage ich und greife nach einem weißen BH. Alexander hat mir weiße Unterwäsche geschenkt, weiße Seide, Weiß steht mir doch gar nicht, sage ich, das sehe doch nur ich, sagt er, über den weißen BH ziehe ich ein weißes Shirt mit einem großen Ausschnitt, der BH ist verschwunden, genauso wie die Jeans, die Unterhose ist noch da, ist weiß mit Flecken, rot.
Ich laufe ins Badezimmer, setze mich auf die Klomuschel, schiebe ein Tampon in meine Scheide. Am schlimmsten ist es, wenn sie ihre Periode bekommt, sagt die Mutter. Die Pille würde ihren Hormonhaushalt stabilisieren, sagt der Vater. Ich greife nach der Jeans, dem T-Shirt, die am Boden des Badezimmers liegen, schlüpfe hinein, greife nach einer Handvoll Tampons, stopfe sie in meine Tasche, verlasse die Wohnung, laufe durch die Stadt, laufe zwischen den Menschen durch, deren Körper aus dem Boden schießen, deren Körper wie ein Bambuswald um mich, deren Gesichter, deren Blicke, sie durchbohren mich.

Ich stoße die Tür des Cafés auf, falle hinein durch den Windfang, es gibt keinen Wind, die Luft steht in der Stadt, steht im Café, steht in der Lunge, dumpf und leer.

Ich sinke auf die Sitzbank, lege die Hände auf das Muster des Stoffes, drücke mich in den Samt. Der Kellner ist der erste schöne Mensch des Tages, kein Mensch, ein Roboter in Schwarzweiß. Er ignoriert mich, die anderen Gäste starren mich an. Ich sollte mich entspannen, denke ich, ich denke, Marie treibt entspannt im See, sie ist zum Schwimmen gefahren, *way out in the water see it swimmin'*, mit ihren Brüdern, mit Freunden, dort hinten am See hat sie keinen Empfang. Der Kellner steht vor mir.

Eine Melange, sage ich.

Ich sehe ihm zu, wie er sich entfernt, ich spüre, wie die Schwerkraft stärker wird, wie etwas in mir tiefer sinkt, spüre, wie meine Gebärmutter zum Mittelpunkt der Erde, wie ein Teil von ihr aus mir heraus und unter den Tisch kullert.

Bitte sehr, sagt der Kellner und lässt das Silbertablett auf den Marmortisch gleiten. Er sieht mich an. Als wollte er sagen, ich soll ein bisschen aufpassen, mit meiner Gebärmutterschleimhaut, ich soll keine Sauerei machen hier. Es gibt einen Grund, warum Frauen früher verboten waren im Café, wird er sagen.

Und einen Apfelstrudel, bitte, sage ich.

Wenn er nicht wäre, würde ich mich hinlegen, ich würde verschwimmen mit dem Muster der Sitzbank.

Bitte sehr, sagt er, ich unterdrücke ein Stöhnen, ich reiße mich zusammen, ich lächle, während ich ein Stück Strudel in den Mund schiebe. Ich beobachte mich im Spiegel, im Spiegel sehe ich fast normal aus, wie ich da im

Kaffeehaus sitze, mit der Melange auf dem Silbertablett, mit der Kuchengabel und dem Apfelstrudel, daneben das Telefon. Ich starre auf das Telefon, starre auf die Nachricht von der Mutter: Ich halte das für keine gute Idee, melde dich bitte! Ich starre auf die Nachricht von Tom: Geht es dir gut? Soll ich mitfahren? Die Nachricht von Marie: Ruf mich an! Im Spiegel beobachte ich mich, wie ich das Telefon ans Ohr halte.

Ich denke schon die ganze Zeit an dich, sagt Marie, du musst unbedingt kommen. Sie beschreibt mir den Weg, nennt mir Zugverbindungen, sagt, dass sie mich abholen kommen würde, dass es toll werden würde, der Empfang ist schlecht, aber ich weiß, was sie meint, ich weiß, wo ich hinmuss, ich schaffe das, sage ich, lege das Telefon weg und hole den letzten Rest Milchschaum aus meiner Tasse. Der Mann am Tisch gegenüber leckt sich über die Lippen. Die Frau am Tisch neben mir starrt auf meinen Bauch.

Zahlen bitte, rufe ich, viel zu laut.

Einen schönen Tag noch, sagt der Kellner und steigt mit dem Schuh in das, was von mir unter dem Tisch liegt, reißt es auseinander.

ICH LIEGE AUF der Couch, winde mich auf der Couch, ich beiße in den Zipfel des Polsters, denke an Alexander, der gegen die Pille, Alexander, der Kinder von mir, der mich gehalten, der mir Schmerzmittel gebracht, ich denke an die Frau aus der Tamponwerbung, die in einem weißen Badeanzug von einem Felsen ins Wasser springt, während sie ihre Tage hat, Pillentage, Pseudotage. Ich stelle mir vor, ich springe vom Felsen, das Wasser färbt sich rot, die Welt färbt sich rot, dunkelrot, schwarz, die Welt ein schwarzer Blutklumpen in der Klomuschel, ich spüle sie hinunter, die Welt ein Lavastrom, der auf mich zufließt, durch mich hindurch. Wenn ich mir das Blut oft genug vorstelle, werde ich mich daran gewöhnen, ich werde irgendwann hinschauen können, ohne zu kollabieren. Ich werde Teil der Lava sein, werde die Lava sein, die alles zerstört, ich brauche eure Schmerzmittel nicht, der Schmerz bin ich, ich brauche eure Hormone nicht, meine Hormone sind ich, ich brauche eure Tabletten nicht, ich will die Tabletten nicht, keine Tabletten mehr, nie wieder Tabletten für mich.

WANN KOMMST DU?, schreibt mir Marie, als ich wieder ganz leer bin, und ich stehe auf, gehe zum Kleiderschrank, drehe den Schlüssel um, fahre mit den Armen in die Fächer hinein, schiebe die Kleidungsstücke nach vorn. Sie fallen auf den Boden, ich werfe mich hinein. Was an mir haften bleibt, ziehe ich an. Den Rest stopfe ich in meinen Rucksack.

Mein Telefon läutet. Es ist nicht Dominik, der ist auf einem anderen Kontinent, es ist nicht Marie, nicht die Mutter, nur Julu. Sie ist aufgeregt, sie hat ein Festival entdeckt, in zwei Wochen, da müssen wir hin, sagt sie, da spielen unsere Lieblingsbands und es ist direkt am Meer, Peter kommt mit und Tom vielleicht auch. Ich fahre ins Salzkammergut, sage ich, für ein paar Tage, wir könnten uns treffen, irgendwo in Kärnten, auf dem Weg in den Süden.

DIE LANDSCHAFT wird langsamer, kommt zum Stillstand. Die Abendsonne scheint durchs Glas der Tür, blendet mich. Die Tür öffnet sich, blind steige ich die Stufen hinunter. Ich höre, wie sich die Tür hinter mir schließt, wie der Zug sich in Bewegung setzt, ich schaue mich um. Kein Auto, an dem Marie lehnt, eine Zigarette raucht. Niemand, der auf mich wartet, mich abholt, mir entgegenkommt, mich umarmt. Ich bin, so muss es sein, an der falschen Station ausgestiegen. Oder ich bin, das kann doch nicht sein, in den falschen Zug gestiegen. Oder Marie, denke ich, ist einfach zu spät dran. Marie schaut wahrscheinlich erst jetzt auf die Uhr. Mein Telefon klingelt. Bist du schon da, fragt sie mich, kannst du zu Fuß gehen? Es ist nicht weit, sagt Marie, es ist ganz einfach, den Bach entlang, den Hügel hinauf, schon bist du da. Ich gehe los.

Am Ende des Weges steht das Haus. An einem der Fenster erscheint der Kopf von Marie, verschwindet wieder im Inneren. Ich gehe auf das Haus zu, der Hausmauer entlang, ich suche den Eingang, ich warte, bis sich eine Tür öffnet, bis Marie im Türrahmen steht, mich in die Arme schließt, so schön, dass du da bist, sagt sie, komm rein, hast du Hunger, Mum kocht. Ich folge ihr in die Küche.
Schön, dass du da bist, nenn mich einfach Mum, hast du

Hunger, es gibt Brathuhn, sagt Mum und deutet auf den Ofen. Ich sehe Marie an, das Brathuhn, Marie sieht mich an, sie zuckt mit den Schultern.
Was hat sie?, krächzt jemand. Ich drehe mich um, sehe eine alte Frau auf der Eckbank. Die Oma, sagt Marie.
Passt ihr das Huhn nicht?, schreit die Oma.
Sie isst kein Fleisch, schreit Marie.
Kein Fleisch?, schreit die Oma und schüttelt den Kopf.
Kein Fleisch?, sagt Mum, aber das Huhn isst du schon, oder?
Ich nicke.

Marie und ich sitzen auf dem Balkon vor ihrem Zimmer, sie reicht mir einen Joint, ich ziehe daran, betrachte die Maserung der Holzbalken, blicke auf die Milchstraße. Magst du den Wald?, fragt Marie. In der Nacht, sage ich, bin ich lieber drinnen. Letzte Nacht, sagt sie, hat der Fuchs die Hühner der Nachbarn geholt, oder vielleicht war es auch ein Marder, die Oma meint, es war ein Verrückter mit einer Axt. Ich glaube, sagt Marie, es war ein Fuchs im Blutrausch, er hat ihnen den Kopf abgebissen und die Reste in den Wald geschleppt. Ich wickle mich in die Decke, lausche Maries Stimme, lausche den Geräuschen des Waldes, blicke durch das Fenster hinaus in die Dunkelheit, lasse mich einwickeln von Maries Stimme und den Erinnerungen an die letzten Tage, Jahre, Erinnerungen, an ihre Kindheit, ich wickle mich in ihre Träume.

Wir wachen auf, aufgeweckt durch ein Geräusch von unten. Etwas kratzt, scharrt, reibt sich an der Haustür, zerkratzt, zerreibt die Tür von außen. Marie springt aus dem Bett, rüttelt mich, wach auf, sagt sie, wach auf. Sie zieht mich hoch, hinaus, zieht mich die Stufen hinunter, durch den Gang ins Vorzimmer. In der Eingangstür ein Loch, im Loch ein Zahn. Er reibt sich an den Rändern, reißt sie weiter auf, schiebt sich durch die Tür, schiebt sich zu uns hinein. Der Keiler, sagt Marie, der Keiler, schreit Marie und läuft davon, zur Zimmertür der Großmutter. Oma, ruft sie, der Keiler ist da. Ich stehe im Vorzimmer, sehe die Nüstern, höre das Röcheln, das aus dem Rüssel dringt, das Knacksen und Knarren des Holzes, ich sehe, wie das Loch größer und größer wird, sehe den Rüssel, den Kopf, die Augen, die gelben Augen suchen mich, finden meinen Blick, starren mich an. Das Schwein hält inne, es grinst und grunzt, ich will schreien, will nach Marie schreien, sie ist verschwunden. Neben mir stehen die Großmutter und die Mutter, blicken teilnahmslos zur Tür. Ich ziehe am Nachthemd der Großmutter, ich will sie aufwecken, will sie in Sicherheit bringen, will uns alle in Sicherheit bringen, aber die Mutter legt mir die Hand auf den Kopf und dreht mich weg von der Tür, weg vom Tier, vom Keiler. Er wird mich von hinten aufspießen, denke ich, er wird uns alle aufspießen, ich höre ihn röcheln, höre die Tür zerbersten, ich will laufen, doch sie halten mich fest, ich will schreien, doch sie halten mir den Mund zu, ich schlage um mich, reiße mich los, erwache von meinem eigenen Schrei. Alles ist ruhig.

Alles ist dunkel und feucht von meinem Schweiß. Wenn ich ganz ruhig bin, wenn ich ganz genau hinhöre, kann ich Marie atmen hören. Sie atmet leise, ein und aus, ein und aus, die Atmung wird tiefer, lauter, wird zu einem leisen Schnarchen, bricht wieder ab. Etwas schlägt gegen das Fenster, erst leise, dann laut, Regen denke ich, es ist nur Regen. Er trommelt aufs Dach, schwillt an, schwillt ab, verebbt. Jemand läuft über den Dachboden, ein Tier, denke ich, es ist nur ein Tier, ein Tier mit kleinen, schnellen Schritten, vielleicht zwei Marder, die sich paaren. Das Männchen auf dem Weibchen, er beißt sich fest in ihrem Nacken, drückt sie nieder, sie geben Geräusche von sich, sie kichern, lachen mich aus.

DAS BETT RIECHT wie das meiner Großmutter, nach Seife und Tod, der Staub kitzelt in der Nase. Ich sehe hinüber zum anderen Bett, betrachte die halb abgeblätterte Tapete. Marie, sage ich. Der Lattenrost knarrt. Neben dem anderen Bett der riesige alte Holzschrank. Die weißen Vorhänge vor der Balkontür. Die kleine graue Blechtür, die zum Gang in der Dachschräge führt, ein Gang so klein, dass kein Erwachsener darin aufrecht gehen kann. Als Kind ist sie hineingegangen, durch Spinnweben hindurch bis ans Ende, hat dort hinten ihre Geheimnisse versteckt. Marie, sage ich etwas lauter. Ich lausche, höre nichts außer einer Fliege, die hinter dem Vorhang gegen die Scheibe, immer wieder gegen die Scheibe fliegt.

Ich muss aufs Klo, denke ich, ich muss die Bettdecke zurückschlagen, die Beine auf den Boden stellen, vor das Bett, unter dem Marie sich nicht versteckt hat, ich muss aufstehen, hinausgehen, die anderen finden. Ich öffne die Tür, blicke in den Vorraum, hinter mir die Balkontür, die Blechtür, der Schrank, vor mir weitere Türen, dazwischen Bilder an der Wand. Mum?, sage ich. Die Frauen auf den Bildern sehen mir nach, als ich an ihnen vorbei Richtung Badezimmer gehe. Das Badezimmer beruhigt mich, die hellgrünen Fliesen, die Handtücher, Zahnputzbecher, Zahnbürsten, Zahnpastatuben, an ihnen halte ich mich fest. Hinter mir läuft Wasser ins

Klo, ich laufe durchs Vorzimmer, die Holztreppe hinunter, wische mir eine Spinnwebe aus dem Gesicht, erreiche das Vorzimmer, spähe durch das Glas der Tür hinein in die Küche.

Oma?, sage ich leise. Die Eckbank ist leer, die Bratform ist leer, das Backrohr, der Kühlschrank. Die Kühlschranktür steht offen, der Stecker liegt am Boden. Ich bücke mich, ziehe am Kabel, drücke den Stecker in die Steckdose, das Licht im Inneren des Kühlschranks geht an. Ich blicke auf die nackten Füße auf dem Steinboden, spüre, wie die Kälte sich im Körper ausbreitet. Ich niese, mein Niesen hallt durch die Küche, durchs Haus, durch das ganze Tal und trifft auf kein Echo. Ich gehe ins Vorzimmer, zur Garderobe, greife nach einer Weste, tauche ein in das Gemisch aus Wolle, Staub, Fäulnis und Waschmittel, eine Spur von Waschmittelduft kitzelt mich in der Nase, ich niese wieder, schlüpfe in die Schuhe, stoße die Haustür auf.

Draußen die Sonne, die Blätter, der Bach, er rauscht. Ich bewege mich ein paar Schritte weg vom Haus, blicke nach oben, zum Balkon, zum Fenster von Maries Zimmer, zum Fenster von Mums Zimmer. Ich berühre die Hauswand mit den Fingerkuppen, streiche über die Hügel des grauen Verputzes, schleiche an der Wand entlang bis zum nächsten Fenster, Omas Fenster. Ich stelle mich auf die Zehenspitzen, kralle meine Finger in die Wand des Hauses, ziehe mich hoch, spähe hinein, jemand späht zurück. Mein Spiegelbild, denke ich und trete fest gegen das Haus, schreie vor Schmerz, schreie

Oma, trete gegen das Haus, schreie Mum, trete, Marie, schreie ich und höre endlich ein Echo, höre endlich Marie. Ich bin hier, ruft sie.

Ich zeig dir was, sagt Marie, sie nimmt meine Hand und zieht mich in den Wald, den Berg hinauf. Wir weichen vom Weg ab, nähern uns dem Bach, da gehen wir jetzt durch, sagt Marie. Sie zieht ihre Schuhe aus, nimmt sie in die Hand und grinst mich an. Sie sagt nichts, aber ich spüre, dass sie stolz auf mich ist, auf das Stadtkind, das ihr einfach so folgt, ohne zu schreien, ohne zu stöhnen, ohne auch nur das Gesicht zu verziehen.
Du magst die Kälte doch, sagt sie. Ich zeige dir den perfekten Ort. Ein anderer Bach, tiefer im Wald, mit Tümpeln, so tief, dass wir uns hineinlegen und untertauchen können.
Du bist eine Nixe, Marie, sage ich, du hast die Haare einer Nixe, die Haut einer Nixe, es fehlt nur der Fischschwanz. Marie schlüpft in die Schuhe und stampft davon, so schnell, als müsste sie mir beweisen, dass sie unglaublich gut zu Fuß, dass sie Beine hat, es geht bergauf, nicht so schnell, sage ich, aber sie hört mich nicht, ich fixiere ihre Haare, die sich immer weiter von mir entfernen, hinter den Bäumen auftauchen, mit den Blättern verschwimmen, verschwinden. Ich bleibe stehen. Ich bin allein, denke ich, ich bin nicht allein, weiß ich, sie kann mich hier nicht allein lassen, ich schüttle den Kopf und gehe weiter, folge den Spuren auf dem Trampelpfad, bis ich das Plätschern des Wassers höre.

Da bin ich, ruft sie.
Rechts unter mir liegt der Bach, steht Marie auf einer Steinplatte und schlüpft aus ihren Schuhen, dem T-Shirt, der Hose, sie hat Beine, keine Frage, denke ich und klettere zu ihr nach unten. Der Stein ist warm, Marie ist nackt. Sie sagt, normalerweise kommt hier niemand vorbei, niemand kennt diesen Ort, die Wanderer kommen hier nicht vorbei, die Einheimischen setzen sich weiter unten an den Bach, wo das Wasser wärmer ist und nicht so kalt wie hier. Einmal, als kleines Kind, sagt sie, habe ich mich so über meine Mutter geärgert, dass ich immer weiter hinaufgelaufen bin, bis hierher. Ich bin ins Wasser gesprungen, ins eiskalte Wasser, und so lange untergetaucht, bis die Wut vorbei war. Ich starre auf Maries Brüste, die nur halb von ihren Haaren bedeckt sind.
Was ist?, fragt sie. Sie richtet sich auf und starrt mich herausfordernd an. Hinein mit uns, sagt sie und dreht sich um. Maries Hintern ist fest, die Haut ist glatt, die Muskeln zu sehen bei jedem Schritt.
Was ist, sagt sie noch mal und lässt sich mit einem leichten Seufzen in den Tümpel gleiten. Von oben rinnt Wasser hinein, bricht sich an den Felsen, erzeugt einen Strudel, in dem sie verschwindet. Wenn sie wieder auftaucht, werden ihre Haare grün sein und sie wird einen Fischschwanz haben, denke ich und tauche unter.

WIR GEHEN EIN PAAR Schritte durch den Wald, treten auf die Lichtung, auf der das Bauernhaus steht. Marie sieht aus wie ein Kind, sie hält meine Hand. Komm, sagt sie und führt mich zum Haus. Kein Hahn kräht, kein Hund stürmt auf uns zu, nur das Läuten der Kuhglocken aus dem Stall ist zu hören, das Stampfen der Kuhfüße, das Schlagen der Kuhschweife, wir schauen hinein. Marie, ruft die Frau, sie wischt sich die Hand am Kittel ab. Hallo, sagt sie und schüttelt mir die Hand. Seid ihr länger hier?

Wir brauchen Milch, sagt Marie. Die Bäuerin nickt und geht mit uns zum Milchautomaten, dreht den Hahn auf, füllt uns einen halben Liter in eine Flasche, drückt sie uns in die Hand. Ich starre auf die Fliegen, die an der Falle kleben.

Es tut mir so leid um eure Hühner, sagt Marie.

Den Hahn haben wir noch immer nicht gefunden, sagt die Bäuerin und schüttelt den Kopf.

Wie geht's der Oma?, fragt sie dann.

Sie ist zäh, sagt Marie, vielen Dank. Sie drückt der Bäuerin eine Münze in die Hand, nimmt meine Hand, ich winke, wir gehen, durch den Wald zurück, Marie redet von ihren Brüdern, sie hat drei Brüder, sagt sie, zwei ältere und einen jüngeren, sie hat zwei Neffen und zwei Nichten, ihr ältester Bruder ist ihr bester Freund, sie alle kommen jetzt zum Essen, es gibt Schnitzel mit Salat, für mich Kartoffelschnitzel mit Salat, Mum gibt ihr Bestes, die Brüder lieben Schnitzel, die Kinder der Brüder lieben Schnitzel, wir alle werden um den Tisch sitzen und uns auf die Schnitzel stürzen, es wird gar nicht auffallen, dass mein Schnitzel kein echtes Schnitzel ist, niemand wird es bemerken, niemand wird so tun, als würde ich nicht dazugehören, niemand wird ein großes Aufheben darüber machen, dass ich da bin, ich werde mich wohlfühlen, ich würde mich wohlfühlen, wenn die Oma mich nicht immer so anschauen würde.

MARIE, bist du so lieb und holst Zwiebeln aus dem Keller, sagt Mum. Marie nickt, gleich, sagt sie, sie hobelt Karotten, hobelt zu wild, hobelt sich ein Stück Haut vom Daumen weg. Das passiert mir ständig, sagt Marie, das ist nicht schlimm, sie steckt den Daumen in den Mund, saugt daran, sieht mich an. Ich hole die Zwiebeln, sage ich und gehe aus der Küche. Ganz unten auf der letzten Stufe, ruft Mum mir nach.

Ich drehe den Schlüssel um, öffne die Tür, suche den Lichtschalter. Nimm dir die Schlapfen, der Boden ist kalt, ruft Mum. Ich schlüpfe in die Schlapfen, sie sind viel zu groß, ich schlüpfe wieder heraus, der Boden ist eiskalt, ich schlüpfe wieder hinein, ich steige vorsichtig Stufe um Stufe hinunter, vorbei an Mineralwasserflaschen, Weinflaschen, Bierkisten, Kartoffeln, Äpfeln, vorbei an den Zwiebeln, ums Eck. Ich suche den Lichtschalter, ich weiß nicht, was ich hier suche, ich höre Mums Stimme von oben, höre die Stimme der Oma, höre sie reden und murmeln, ich gehe weiter, vorbei an den Gartengeräten, an den Werkzeugkisten, an den alten Fahrrädern und Schlitten, ich biege noch mal ums Eck.

Suchst du die Sauna?, fragt Marie. Ich zucke zusammen, drehe mich um. Marie trägt nicht mal Socken.

Die Sauna ist ein Abstellraum, aber wir können ihn ausräumen, sagt sie. Sie kommt näher, drückt sich an mir vorbei und biegt nach links, drückt auf den Lichtschalter.

Neben dem Eingang zur Sauna hängt ein Bild. Die Frau auf dem Barhocker, in Stöckelschuhen und Strümpfen, sie blickt aus dem Fenster, ihre Brüste sind spitz.

WIR MACHEN eine Wanderung, sagt Marie. Sie geht zügig voran, zügig bergauf, ich folge ihr, versuche mir nicht anmerken zu lassen, dass ich außer Atem bin, dass ich es übertrieben finde, ihre Zöpfe, das Tuch auf ihrem Kopf und dass sie jetzt auch noch singen will.

Ich kann nicht singen, sage ich.

Jeder kann singen, behauptet Marie, und singt etwas von blauen Bergen und dem Rücken der Pferde, komm schon, sing mit, ich schüttle den Kopf.

Ich hasse Pferde, sagt sie und erzählt, einmal hat eines ausgeschlagen, weil ihr Cousin, dieser Trottel, gesagt hat, sie soll hingehen, sie soll es einfangen, sie soll sich nicht so anstellen und der Huf des Pferdes in ihrem Bauch, sie in hohem Bogen durch die Luft, aufgeschlagen, ihr Kopf, alles hätte zerbrechen können.

Marie bleibt stehen und sieht mich an, sie sagt, sie haben ihre Hose geöffnet, ihren Bauch untersucht, nichts gefunden und gesagt, wenn du vom Pferd fällst, gleich wieder rauf, das ist das Wichtigste. Aber du bist nicht runtergefallen, sage ich, sie nickt.

Am Abend, sagt sie, ist er gekommen, der Schmerz, ein Schmerz wie noch nie und als sie aufs Klo gegangen ist, war alles voller Blut, bitte nicht, sage ich, ich bleibe stehen, schlucke. An dem Abend, behauptet sie, hat sie zum ersten Mal ihre Tage bekommen. Marie zeigt auf einen Gipfel, da wollen wir hin.

Wir haben uns eine Jause verdient, sagt Marie. Sie lehnt sich ans Gipfelkreuz, greift in den Rucksack, zieht zwei Eier, Brot und ein Stück Speck heraus, zieht ein Messer, zieht die Klinge aus dem Lederetui und sieht mich an. Ich schüttle den Kopf. Sie reicht mir ein Ei, schneidet ein Stück Speck ab, steckt es in den Mund, sie reicht mir das Brot, kaut darauf herum.
Ich habe eine Idee, sagt Marie mit vollem Mund. Ich sehe an ihr vorbei, hinter das Gipfelkreuz, über die Kante, ins Weite, wir sind allein.
Ich weiß, was wir jetzt machen, sagt sie. Wann war dein letzter Aidstest?
Ich habe noch nie, sage ich, sie sieht mich fragend an, ich habe nie mit irgendwem ohne. Okay, sagt sie, komm her!
Ich knie vor Marie auf dem Boden. Marie greift in den Rucksack, greift nach dem Flachmann, gießt Schnaps über die Klinge des Messers, greift nach meiner Hand.
Deine Angst vor Blut, sagt sie, musst du vergessen. Ich will die Hand wegziehen, doch es ist zu spät, sie hält mich fest.
Ein Schluck Schnaps, sage ich. Danach, sagt sie.
In ihren Augen spiegelt sich die Klinge, spiegelt sich die Spitze des Messers, die über das Handgelenk fährt, in ihren Augen spiegelt sich das Blut. Marie rückt näher, zieht mich zu sich heran, dreht das Messer um und hält es über meine Hand. Dann lässt sie mich los und wartet. Wartet, bis die Finger den Griff des Messers umschließen, bis die Finger aufhören zu zittern, bis die Spitze des Messers auf ihrer Hand –

Nicht die Pulsader, sagt sie, ich nicke und lege das Messer zwischen Handgelenk und Handinnenfläche, drücke die Klinge in die Haut und sehe zu, wie das Blut austritt, wie der Himmel dunkel wird, wie das Gipfelkreuz kippt. Bevor es auf mich schlägt, nimmt Marie mir das Messer aus der Hand, nimmt meine Hand, drückt ihre Hand auf meine, reibt ihre Hand an meiner, verreibt ihr Blut mit meinem, nimmt einen Schluck Schnaps und gibt mir einen Kuss. Deine Angst vor Blut kannst du vergessen, sagt sie, steh auf!

Auf der Anhöhe bleibt Marie stehen, stützt die Hände in die Hüften und wartet, bis ich neben ihr bin. Unsere Hütte, sagt sie, und die Badewanne. Vor uns der See, groß, rund, blauschwarz. Wanderer sitzen am Ufer, halten die Füße ins Wasser. Marie geht los, den Weg hinunter, biegt vom Weg ab zum See, streift den Rucksack ab, zieht die Schuhe aus, die Socken, schlüpft aus der Jeans, aus dem T-Shirt, dem BH, der Unterhose, Maries Haare wehen im Wind.

Kommst du?, fragt sie. Ich nicke und folge ihr, folge ihr ins eiskalte Wasser, der Körper zieht sich zusammen, er prickelt, wir prickeln an den Grenzen unserer Haut.

Wir schwimmen ein Stück hinaus, tauchen unter, waschen unsere Haare, waschen uns unter den Achseln, zwischen den Beinen. Wir steigen aus dem See, ziehen uns eine frische Unterhose, den BH, ein frisches T-Shirt und die Jeans an, den Pulli darüber, die Flipflops, mit den Wanderschuhen in der Hand gehen wir das letzte

Stück hinauf zur Hütte. Die Terrasse liegt noch in der Abendsonne, ist voller Leute, sie haben uns alle schwimmen sehen, denke ich, *auf der Alm, da gibt's ka Sünd*, sagt Marie, such uns einen Platz in der Sonne.
Sie verschwindet in der Hütte, die Hütte ist ein großes Haus mit Gastraum, Küche, mit Einzelzimmern, wir haben einen Platz im Matratzenlager, sagt Marie und drückt mir eine Postkarte in die Hand. Hier musst du notieren, was du konsumierst, die erste Runde geht auf mich. Ich gehe hinein, suche das Lager, suche Maries Rucksack, lege meinen Schlafsack nach oben auf die Matratze und gehe wieder hinunter, hinaus auf die Terrasse mit ihren Abendsonnenstrahlen und Menschen, so viele glückliche Menschen.
Marie sitzt zwischen ihnen, sitzt zwischen zwei Männern, sitzt vor einem Bier, sitzt vor einem Teller voll Fleisch, willst du ein Stück, fragt sie mich, ich schüttle den Kopf und bestelle eine Gemüsesuppe. Marie schiebt mir ihr Bier hin, ich trinke, Maries rechter, Maries linker Mann stellen sich mir vor, sie geben eine Runde Schnaps aus, einmal Zirbe, einmal Birne, einmal Zwetschke, dann wieder Zirbe, ich mache Striche auf meiner Postkarte, ein Bier, zwei Bier, ein Mann mit Frau zu Hause, ein zweiter Mann mit Frau und Kind zu Hause, ein Mann auf der Hütte ohne Empfang, ein zweiter Mann auf der Alm ohne Sünd, die Berge leuchten rot, Maries Haare leuchten orange, komm zu mir, sagt sie. Ich setze mich neben, lehne mich an sie, einer der Männer holt eine Decke, wickelt uns ein, wir rücken

zusammen, tasten nach den Schnapsgläsern, tauschen Zigaretten aus, wir tauschen Worte aus, an die wir uns nicht mehr erinnern werden, wir tauschen Berührungen aus, an die wir uns nicht mehr erinnern werden wollen am nächsten Tag.

Am nächsten Tag liegt Marie dicht neben mir, sie schnarcht mir ins Ohr, ihr Atem stinkt nach Bier, nach Schnaps, nach Sperma, das bilde ich mir ein, denke ich, ich drehe mich um und öffne die Augen.

Ich liege in einem Raum mit zwanzig anderen Menschen, in einem Hüttenschlafsack, Marie legt den Arm um mich, sie will mich zurückziehen in den Schlaf, sie will mich hineinziehen in den See aus Schnaps und Bier, sie taucht mich unter, unter Wasser treiben die Körper der Männer, ihrer Frauen und Kinder, treiben Telefone ohne Empfang, Wohnungsschlüssel, ich schnappe nach Luft, ich strample mich aus dem Schlafsack, drehe mich zum Rand der Matratze, klettere über die Leiter hinunter, greife nach Maries Flipflops und stürze hinaus. Draußen die Kälte, die Weite, die Morgendämmerung, die unermessliche Schönheit.

Jetzt geht es nur mehr hinunter, sagt Marie, doch zuerst geht es bergauf, wir gehen so schnell wir können bergauf, so schnell wir können mit dem Restalk, mit den schweren Beinen, mit dem flauen Magen, die Erinnerungen treiben uns an.

Wie lang warst du noch in der Stube, will ich von Marie wissen, doch sie weiß es nicht mehr, weiß nicht mehr,

wann, wie und ob sie zurück ins Matratzenlager gefunden und es geschafft hat, sich neben mich zu legen.
Ich habe gar nicht geschlafen, behauptet sie.
Du hast mir ins Ohr geschnarcht, sage ich, ich schnarche nie, behauptet Marie, vor allem nicht, wenn ich Schnaps getrunken habe, dann schlafe ich wie ein Stein und nach dem Sex schlafe ich wie ein Engel.
Mit wem hast du Sex gehabt und wo überhaupt, will ich wissen, während wir zwischen großen Steinen hindurchklettern, noch immer bergauf.
Ich weiß es nicht, ist doch egal, sagt Marie und bleibt stehen.
Geschafft, sagt sie, jetzt müssen wir nur mehr hinunter. Sie macht einen Schritt zur Seite, ich hieve mich über einen Stein, stoße mit dem Unterschenkel gegen den Stein, greife nach Marie, sie packt mich und zieht mich nach oben. Vor uns liegt das Tal, liegt der Wald, der See in der Ferne, liegt der Abhang, der Abstieg, der Steig, über den wir hinuntermüssen.
Du blutest, sagt Marie.
Nur ein Kratzer, sage ich, sagt sie, sagen wir gleichzeitig und lächeln.
Für einen Moment stelle ich mir vor, zumindest eine von uns hätte Flügel und würde sie ausbreiten, wir würden loslaufen und abheben, über dem Tal, dem Wald, dem See kreisen.
Jetzt wäre ich gern ein Vogel, will ich zu Marie sagen, doch sie hat sich schon in Bewegung gesetzt, mit ihren Wanderschuhen tritt sie auf Stein, Geröll, Wurzeln,

Erde, springt leichtfüßig bergab, vor mir davon. Das Blut auf dem Bein ist eingetrocknet, nur ein Kratzer, und der Kater, halb so schlimm, denke ich, und setze mich in Bewegung, versuche Marie zu folgen, versuche zu ignorieren, dass sich der Berg hinter mir nach vorn neigt, sich auf meinen Rücken legt, dass meine Oberschenkel zittern, dass mir der Schweiß über das Gesicht, dass im Mund der Geschmack von Schnaps und Sperma und Blut, das bilde ich mir ein, sage ich mir und fixiere Maries Haare unter mir, halte mich an einer Latsche fest, um nicht abzuheben und zu fliegen, ich schließe die Augen, atme ein, atme aus. Alles klar?, ruft Marie von unten.

Warte auf mich, sage ich.

Willst du die Wanderstöcke nehmen?, fragt sie und drückt sie mir in die Hand. Ich stütze mich auf die Stöcke, ich blicke in den Abgrund, Schritt für Schritt gehe ich in die Schlucht hinein, ohne zu fallen, ich falle nicht, denke ich, ich fange mich, ich reiße mich zusammen, atme ein, aus, ein Fuß, ein Stock, ein Damenunterrock, denke ich und vorwärts, vorwärts, vorwärts, ich lache, wir rutschen auf Geröll, immer wieder rutsche ich gegen Marie, sie fängt mich auf, stemmt sich gegen mich, lacht, als hätte sie Spaß dabei.

Stopp, sagt sie dann. Vor uns geht es senkrecht nach unten, kein Weg weit und breit. Jetzt müssen wir springen und fliegen, sage ich.

Wir nehmen die Leiter, sagt sie, gib mir die Stöcke.

Ich gebe ihr die Stöcke, nähere mich der Kante, nicht

nach unten sehen, denke ich, ich drehe mich um, gehe in die Knie, greife mit der einen, mit der anderen Hand nach dem Metall, die Hände feucht, das Metall rutschig, der Rucksack auf dem Rücken schwer, die Beine zittrig, steige ich Sprosse für Sprosse hinunter, sehe nicht nach unten, nur nach oben, auf Maries Hintern, ihre Muskeln, die ein Bein nach dem anderen nach unten schieben, immer näher kommen. Ihr Rucksack schwebt über meinem Kopf, ihre Haare wehen im Wind, die Stöcke baumeln in ihrer Hand, sie kommt viel zu schnell näher, ich muss mich beeilen, bin zu langsam, muss schneller den einen, den anderen Fuß, die schweißnassen Hände auf dem Metall, wie weit noch, wie lange noch, ich sehe nach unten, sehe das Ende, den Boden, höre Maries kurzen Schrei über mir, sehe ihren Fuß von der Sprosse rutschen, ihre Hand ins Leere greifen, sehe den Wanderstock fallen, sehe Marie hinterher, auf den Felsen aufschlagen, immer wieder, immer weiter weg von mir. Den können wir vergessen, sagt Marie, als sie neben mir auf dem Weg steht.

WIR SETZEN UNS auf die Terrasse des Gasthauses in die Sonne, Marie bestellt ein Schnitzel, ein Schnitzel mit Pommes frites und Bier, ein Reparaturbier, sagt sie. Ich kann nichts essen, sage ich, nach der Anstrengung, mir ist übel von der Anstrengung.
Wie oft, sagt Marie, hab ich dir schon gesagt, dass du eine Unterlage brauchst beim Saufen?
Ich sollte aufhören zu saufen, sage ich, sie lacht, der Wirt stellt das Bier und das Essen vor uns hin. Sie nimmt die Gabel, sticht ins Schnitzel, als wäre es noch nicht tot, fixiert es auf dem Teller, nimmt das Messer, sieht mich an.
Was ist eigentlich passiert, fragt sie mich mit dem Messer in der Hand, was ist passiert mit dir und deinem Ex, hat er dich beschissen oder du ihn oder warum habt ihr euch getrennt? Sie schneidet ein Stück Fleisch ab, tunkt es in Ketchup, schiebt es in den Mund. Ich beobachte sie, wie sie kaut und schmatzt. Im Mundwinkel leuchtet es rot, nur Ketchup, denke ich.
So was kann passieren, sagt sie, plötzlich steht einer da, der dich daran erinnert, dass du wegwillst. Auf den du alles projizierst, was dir fehlt. Das passiert. Nimm wenigstens ein Pommes, sagt sie.
Nein, sage ich.
Was nein?
Ich habe ihn vorher verlassen, sage ich.

Bevor er dich beschissen hat oder bevor du ihn beschissen hast?, fragt sie.
Bevor irgendwas passiert ist, sage ich, es ist nichts passiert, es war nur einmal –
Marie schlägt mit der Faust auf den Tisch, der Teller mit dem Schnitzel hüpft, es klirrt, die Leute sehen uns an.
Ha, sagt sie, ich wusste es. Was ist nicht passiert?, fragt sie.
Die Mutter, sage ich. Eine Vernissage. Ein Maler. Er hat mich angeschaut.
Oh là là, sagt Marie und sticht in ihr Schnitzel.
Er ist zu der Mutter gegangen, hat mit ihr gesprochen, hat mich angeschaut, die Mutter sammelt Kunst, weißt du, die Mutter, sage ich.
Die Mutter ist schuld, sagt Marie, wie geil ist das, sie lacht.
Er hat ihr seine Karte gegeben, sie hat ihm ihre Karte gegeben. Er hat mich angeschaut.
Und du?, fragt Marie. Der Tisch wackelt.
Der nette Maler hat angerufen. Er wollte mich malen.
Deine Mutter hatte nichts dagegen?, fragt Marie.
Sie fand ihn gut, sage ich, sie fand seine Bilder gut, sie sammelt Kunst, weißt du, die Mutter.
Und du?, fragt Marie.
Sie hat mich in sein Atelier gebracht, fast keine Möbel dort, Bilder, Fotos, Skulpturen, er im weißen Hemd, mit grauen Schläfen und diesem Blick.
Was für ein Blick?, fragt Marie und lässt ihr Besteck auf den Teller fallen, es klirrt. Ich sehe sie an, sie leckt sich

mit der Zunge über die Lippen, leckt den letzten Rest Blut aus ihrem Mundwinkel.
Was für ein Blick, Schätzchen?, fragt Marie und nimmt einen Schluck Bier.
Wie ein Waldbrand, sage ich.
Marie lacht, verschluckt sich, prustet, spuckt Bier über den Tisch, hustet, sieht mich an.
Sorry, sagt sie.
Ich konnte nicht mehr atmen, sage ich. Es gab keinen Ausweg. Ich bin gelaufen und gelaufen und gelaufen, bis es vorbei war.
Du bist gelaufen?, fragt Marie.
Ja, sage ich. Ich nehme mir ein Pommes und zucke mit den Schultern.
Ich könnte es mit keinem Waldbrand aufnehmen, sagt Marie. Ich würde brennen, Baby, und dabei so laut schreien, dass jemand die Polizei ruft. Oder zumindest die Feuerwehr.

MARIE RÜTTELT MICH am Arm, wir sind bald da, sagt sie, der Bus hüpft, Marie und ich hüpfen auf und ab, Marie lacht, ich muss gleich kotzen, sage ich, wir sind da, sagt sie. Der Bus hält, wir steigen aus, die frische Luft tut gut, wir stehen auf der Bundesstraße, wir müssen nur da hochgehen, sagt Marie, dann sind wir zu Hause, wir klettern über die Leitplanke, springen über den Straßengraben, gehen querfeldein bis zum Wald, durch den Wald hinauf bis zum Haus. Aus dem Loch im Dachstuhl fliegt ein Vogel, die Fenster des Hauses sind schwarz, der Efeu grün und die wilden Rosen, da ist niemand zu Hause, sagt Marie, aber sie haben uns sicher einen Schlüssel hinterlegt. Wir gehen an der Hauswand entlang, ums Eck, noch mal ums Eck, auf die Rückseite, neben der Regentonne ein Blumentopf, Marie kniet sich hin, hinter der Regentonne im Gras etwas Rotes. Ich hab den Schlüssel, sagt Marie. Ich hab den Kopf des Hahns gefunden, sage ich.

MUM STEHT auf dem Balkon von Maries Zimmer und winkt. Das macht sie immer, sagt Marie, immer stellt sie sich auf den Balkon und winkt mir nach, wie peinlich. Sie hängt an dir, sage ich, peinlich, sagt Marie, ich drehe mich um und winke zurück, bilde mir ein, dass die Großmutter hinter der Scheibe des Schlafzimmers steht und uns nachsieht, hinter uns das Haus, es drückt uns von sich weg, drückt uns in den Wald.

Morgensonne fällt durch die feuchten Blätter, fällt durch ein Spinnennetz. Ich bleibe stehen, Marie stößt gegen mich. Das Netz ist so groß wie mein Kopf, intakt, symmetrisch, gespannt, ein Faden führt zum anderen. Ich stelle mir vor, ich laufe hinein.

Schön, nicht?, sagt Marie hinter mir.

Ich suche die Spinne, sage ich.

Komm, sagt sie, wir verpassen den Zug. Ich folge Marie durch das feuchte Gras, entdecke ein weiteres Netz auf dem Boden, ein wenig kleiner, nicht ganz so perfekt, dann ein weiteres Netz auf Augenhöhe, ein Netz über mir, noch größer als das erste.

Marie, sage ich leise, sie hört mich nicht, sie läuft durch die Netze hindurch, schlägt eine Schneise durch den Wald, ein Wald aus Spinnennetzen, denke ich, nur die Spinnen sieht man nicht. Ich folge Marie, die über die Netze steigt, unter den Netzen hindurchtaucht, nur einmal streifen ihre Haare ein Netz und bleiben kurz daran

hängen, nur einmal dreht sie sich um und lächelt mir zu, ich lächle zurück, ich bin ein tapferes Mädchen, ich habe keine Angst vor Spinnen, sage ich mir. Ich habe keine Angst vor den Schritten hinter mir, Schritte, die gar nicht da sind, das sind nur meine eigenen Schritte, sage ich mir, das sind nur die Schritte vor mir, das ist der Mann, der vor Marie auftaucht, ein Mann mit einem großen schwarzen Hund. Ich habe ein wenig Angst vor Hunden, denke ich, aber der Hund beachtet mich nicht, sein Körper muss voll sein mit Spinnennetzen, der Mann trägt einen Mantel und einen Hut, einen Wanderstock, er kommt direkt auf uns zu, kommt mir bekannt vor.
Griaß di, sagt Marie laut und deutlich und geht an ihm vorbei.
Griaß di, sagt der Mann und bleibt stehen, dreht sich um, ich spüre, wie er uns nachsieht, als wir schon aus dem Wald draußen sind, als wir schon bei den Häusern, bei der Straße, beim Bahnhof sind, spüre ich noch immer, wie er uns nachsieht.

Ich lasse mich neben Marie in den Sitz fallen. Wir schlüpfen aus unseren Schuhen, legen unsere Füße auf die Sitzbank gegenüber, wir sind die einzigen im Zug, wir lehnen uns zurück. Ich spüre, wie Marie sich verändert, je weiter wir uns von ihrem Heimatort entfernen, ihre Haare werden eine Spur dunkler, ihr Gesicht wird schmäler, ihr Körper voller. Ich sehe aus dem Fenster, denke an Dominik, Dominik, der jetzt irgendwo in Asien mit Waisenkindern arbeitet, hoffentlich kommt er wieder zurück, Dominik, hoffentlich meldet er sich bei mir, hoffentlich hat er mich nicht vergessen. Marie seufzt und schließt die Augen. Ihr Kopf rutscht auf meine Schulter. Sie träumt bestimmt von ihrem Ex, von seinen Dreadlocks, von seinen Oberarmen, die sich spannen, wenn er Gitarre spielt, von seinen Lippen, die sich leicht öffnen, während sie singt, von seinen Hüften, vom Klang seiner Stimme, der Nachhall seines Stöhnens in ihrem Ohr, sie träumt von ihrem Ex, der nach dem Orgasmus den Kopf hebt und sie ansieht, sie schreckt hoch.

Weißt du, was ich geträumt habe?, fragt sie mich. Ich schüttle den Kopf. Von deinem Ex, Alexander, sagt sie, aber in meinem Traum war er gar nicht so langweilig.

LAUTER, schreit Marie. Peter dreht den Lautstärkeregler nach rechts, *do you remember the festival, we took those drugs I never thought I'd get into that pumpin'stuff*, singen dEUS, Marie schüttelt ihre Haare, *cause I know you and you know me, that's all you need and all I think of*, singt sie, *don't run into the crowd*, schreit sie und lässt den Kopf auf meine Schulter fallen und seufzt zufrieden. Julu dreht den Lautstärkeregler nach links, ich muss mich mal konzentrieren, sagt sie, kann mir mal jemand helfen, kann mir mal jemand sagen, wo ich mich einordnen soll. Marie schweigt, Clemens schläft, Peter schaut auf sein Telefon, schaut auf die Karte auf seinen Knien, Mestre, schreit er, Mestre, nach links. Julu wirft einen Blick in den Seitenspiegel, wirft den Blinker an, lass mich rüber, sagt sie, fahr einfach, wir sind in Italien, sagt Marie, Julu fährt nach links, nach rechts, ordnet sich einmal hier, einmal da ein, folgt Peters Anweisungen, widersetzt sich Peters Anweisungen, beschimpft Peter und seine Anweisungen, Peter lacht, entschuldigt sich, ich habe die Orientierung verloren, sagt er, ach wirklich, ruft sie. Wir sind gleich in Venedig, sagt Marie. Ich wollte immer schon mal nach Venedig, sagt Clemens. Wir fahren übers Meer, geradeaus nach Venedig. Jetzt kann ich auch nichts mehr machen, sagt Julu.
Wollten wir nicht mal nach Venedig?, fragt Peter. Julu seufzt.

Das ist im Moment keine gute Idee, sagt sie und wartet, bis wir drüben ankommen, bis sie umdrehen kann, wir fahren zurück übers Meer, Richtung Mestre, ich lehne den Kopf gegen Maries Schulter, die werden das schon schaffen, sagt sie, wir werden schon irgendwo ankommen.

WO IST JULU?, fragt Peter. Ich weiß es nicht, sage ich, es ist mir egal, denke ich, ich will weiter nach vorn, sage ich, ich will sie von vorne sehen. Ich weiß wirklich nicht, wo Julu ist, wir haben sie verloren, wir haben sie bei den anderen gelassen, anderen Menschen, die wir getroffen oder kennengelernt haben, ich weiß nicht, was für Menschen das sind, ich habe ihre Namen vergessen. Ich weiß nicht, wie spät es ist, welcher Tag, ich bin nicht sicher, in welchem Land wir sind, wegen welcher Band wir hier sind, ich weiß nur, es ist Nacht, Sommer, wir sind im Süden und ich will die Band von vorne sehen, ich will, dass Peter mit mir nach vorn geht, in die erste Reihe, wo Marie gegen das Absperrungsgitter gepresst wird, wo Clemens von hinten gegen Marie gepresst wird, wo alle um sie herum schreien, kreischen und johlen, wo es bald so weit ist und die Band auf die Bühne kommen wird, die Band, wegen der wir überhaupt hier sind. Ich dränge mich nach vorn, blicke nach hinten, Peter ist noch da, er schwitzt, es ist heiß, viel zu heiß für die Nacht, die Menge wird dichter, die anderen größer, größer als ich, ich will, dass Peter mich auf seine Schulter nimmt. Wart mal, sagt er.

Was ist?, frage ich.

Ich weiß nicht, sagt er, ich glaube, ich habe zu viel geraucht. Peter streckt seinen Arm aus, lehnt sich gegen mich, die Menge beginnt zu pfeifen, ich höre Marie ganz

in der Nähe, wir haben es fast geschafft, wir sind fast ganz vorn.
Ich muss raus, sagt Peter.
Nein, sage ich, das darf nicht wahr sein.
Tut mir leid, sagt er, ich muss nach hinten, mich setzen.
Soll ich mit?, frage ich. Er schüttelt den Kopf, sieht mich an, ich schaffe es schon irgendwie, sagt er, wir sehen uns dann, der Arm fällt schlaff herunter, er dreht sich um und geht, die Menge schließt sich hinter ihm, wird immer dichter, die Menge kreischt, wogt, schiebt mich nach links, weiter weg von Marie, weiter weg von der Bühne, weiter weg von allem, ich bin zu klein, zu schwach, bin tapfer, denke ich, ich kollabiere nicht und liege irgendwo hinten im Gras, ich bin Teil der Menge, immerhin, und höre die Band, *here I'm alive*, die Lieblingsband von Tom, denke ich plötzlich, *everything all of the time*, Tom wäre ganz vorn mit Marie und mir, wir hätten uns niemals verlieren dürfen, denke ich und schließe die Augen und stelle mir vor, es ist auch die Lieblingsband von Dominik, natürlich ist es auch die Lieblingsband von Dominik, wenn er sich nicht in Peru um die Straßenkinder kümmern würde, *the children first, and the children first*, dann wäre er jetzt hier mit mir, er würde hier neben mir auf und ab und auf und ab hüpfen, sein Körper gegen meinen prallen, seine Euphorie sich mit meiner vermischen, *I haven't seen enough, you haven't seen it*, unsere Stimmen sich mit den Stimmen aus der Menge, mit der Stimme von Marie und von Thom Yorke, im Rhythmus der Musik schlagen unsere

Körper aufeinander, gegeneinander, bis Teile von ihm in mir stecken, *we're not scaremongering,* und Teile von mir in ihm, *this is really happening,* bis wir nicht mehr wissen, was von uns zu ihm und was zu mir gehört.

DIE BORSTEN des Pinsels sind weich, sie streichen über die Stirn, streichen über das eine, das andere Augenlid, über den Rücken der Nase. Sie zeichnen den Schwung der Lippen nach, streicheln über die Wange, kitzeln am Ohr, fahren den Hals hinab, das Schlüsselbein entlang, zwischen den Brüsten hindurch, zum Nabel. Die Borsten des Pinsels sind feucht und dunkelrot. Es ist nur Farbe, sagt er. Ich blicke auf den Bauchnabel, den roten Teich darin, ich atme ein. Rote Farbe rinnt über den Bauch, er fängt sie mit dem Pinsel auf, fährt zurück zum Nabel. Die Borsten umkreisen ihn, klein, dann immer größer, bis zu den Rändern des Körpers, er fährt die Ränder entlang, hinunter zu den Hüften, der eine Hüftknochen, der andere, die Taille hinauf. Der Pinsel kitzelt unter der Achsel, ich lache, die Borsten des Pinsels im Mund, die Farbe schmeckt nach Blut, nur Farbe, sagt er. Die Spitze des Pinsels berührt die eine, die andere Brustwarze, zeichnet den Hof der Brüste nach, ich stöhne. Farbe tropft auf den Mund, ich lecke über die Lippen.
Er legt den Pinsel weg, packt mich an den Schultern und dreht mich zur Seite. Stabile Seitenlage, denke ich. Schau, sagt er, nimmt den Pinsel und malt die Umrisse des Körpers auf das Leintuch neben mir. Die Arme, die Beine, Hände und Füße, ich schiebe das Knie weiter nach vorn, schiebe es über das andere Bein, schiebe den Arm nach links, über den anderen Arm, lege ihn über

den anderen Körper, schiebe den Körper in die Umrisse hinein, lege die Wange auf der anderen Wange ab. Er greift nach den Knöcheln, schiebt sie an die richtige Stelle, streicht mit den Händen die Farbe von den Knöcheln die Beine hinauf, über die Kniekehlen, die Oberschenkel, den Hintern, massiert die Farbe in mich ein. Er setzt sich auf mich, hält den Nacken, wäscht mir die Haare in Farbe, er malt mir die schönste Frisur.

Ich schmiege mich in die richtige Form, reibe mich an Umrissen, will, dass die Grenzen verschwimmen, verwische die Linien, die Farbe, die Farbe fließt in mich hinein, rinnt aus mir heraus, die Farbe klebt zwischen den Beinen, klebt in den Mundwinkeln, rauscht in den Ohren, pocht in den Brüsten, durch die Gebärmutter, brennt in mir. Ich schreie, ich schnappe nach Luft, beiße mir auf die Lippe, beiße in den Polster.

Der Schmerz mischt sich mit Verlangen, neben mir liegt jemand, liegt Alexander, er schläft. Ich nehme den Polster, schiebe den Polster nach unten zwischen die Beine, der Pinsel fährt meine Wirbelsäule entlang, hinauf und hinunter, über den Hintern, schiebt sich in mich hinein, die Borsten des Pinsels sind weich. Die Farbe, es ist nur Farbe, steigt höher von unten, tropft von oben auf mich herab, umhüllt mich, presst von außen, von innen gegen die Klitoris, ich presse mich in die Umrisse des Körpers, presse mich gegen den Polster, halte mich am Leintuch fest, das Leintuch ist nass, der Körper ist nass, alles ist nass, gefangen im Nassen, der Schlafsack, ich öffne den Schlafsack, strample mich heraus, stoße gegen den Körper neben mir, kämpfe mich frei, stürze aus dem Zelt, atme. Draußen die Sonne, die Hitze, die Luft, die Stille, die anderen Zelte. Die Menschen in den Zelten werden sterben, denke ich, ersticken, zerfließen, verschmelzen, verkohlen, ich bin die einzige Überlebende nach der Katastrophe, ich bin der letzte Mensch auf der Welt, ich greife nach einer Wasserflasche, trinke einen Schluck warmes Soda, spucke aus, steige über eine leere Wodkaflasche, über Bierflaschen, Zigarettenstummel, Zeltschnüre, gehe über verdorrtes Gras zu den Waschräumen, lasse kaltes Wasser über die Handgelenke laufen, über das Gesicht, die Haare, sehe in den Spiegel, sehe mir in die Augen, sie sind rot.

DAS MEER IST RUHIG, das Schlagen der Wellen träge, wie Ruhe vor dem Sturm, denke ich und beobachte Marie, wie sie sich auszieht, wie sie Clemens die Sonnencreme hinhält, ihm ihren Rücken hinhält, beobachte Clemens Hände, wie sie von oben nach unten, von unten nach oben streichen, über Maries Nacken, wie sie den Nacken eine Spur länger massieren, als es nötig ist. Maries Brustkorb, wie er sich ausdehnt und zusammenzieht. Maries Haare hängen nach vorn, Maries Zehen graben kleine Löcher in den Sand. Danke, sagt sie, jetzt gehen wir spazieren. Sie gehen los, den Strand entlang, die Körper kaum von denen anderer zu unterscheiden.

Ja, gehen wir eine Runde spazieren, sagt Julu.

Bei der Hitze geh ich sicher nicht spazieren, sagt Peter.

Julu und ich stehen auf, gehen los, Sonnenhüte, heißer Sand, endloser Strand, ganz schön romantisch, sagt Julu.

Ich sage nichts.

Was ist eigentlich los mit dir?, sagt Julu. Was ist eigentlich los, wiederholt sie und bleibt stehen, seit der Trennung von Alexander, seit du weg warst, verstehe ich dich nicht mehr!

Ich gehe weiter, sehe geradeaus, aufs Meer.

Hey, ruft Julu. Ich bleibe stehen, drehe mich um, sehe sie an.

Ein Gefängnis, sage ich, es war ein Gefängnis.

Ich gehe weiter, Julu geht neben mir her, sie schweigt,

schweigt lauter als die Wellen des Meeres, ihre Gedanken schlagen beständig gegen mich, bis ich es nicht mehr aushalte. Ich bleibe stehen, ich höre mich sagen, die Beziehung mit Alexander, seine Eltern, meine Eltern, sein Leben, ihr Leben, das war nicht mein Leben, das ist nicht mein Leben, das ist einfach nicht mein –
Okay, sagt Julu, okay, ich verstehe, okay, sie will mich beruhigen, bevor die Brandung, der Sturm, die Wassermassen, die Wellen über uns zuschlagen, sie will mich retten, ich weiß es, aber sie hat keine Chance, du verstehst das nicht, sage ich, du verstehst überhaupt nichts.
Okay, sagt sie, okay, aber was ist mit Peter, sagt sie, was machst du mit Peter?
Nichts, sage ich.
Nichts?, fragt sie, du hast nichts mit ihm?
Es war nichts, sage ich, es ist nichts, es zählt überhaupt nicht, du kannst ihn haben, deinen Peter.
Es tut mir leid, sagt sie, wenn da etwas ist zwischen euch, ich verstehe es nur nicht, er ist doch überhaupt nicht dein Typ.
Die Brandung des Meeres ist unerträglich laut in meinem Kopf, Julus Gesichtsausdruck, die Hitze, der Schweiß, der Sand unter meinen Füßen, sie hat recht, denke ich.

WIR ERREICHEN DAS ENDE der Siedlung, den Anfang des Waldes, der Geruch von Pinien und Urin, Marie vor mir auf Nadeln, mit Flipflops zielsicher bergab, den Hang hinunter, Richtung Steilküste, Richtung Felsen, Richtung Meer. Plötzlich Stimmen, Gerede, Lachen, Schreien, das Aufklatschen von Körpern auf der Wasseroberfläche. Wir treten aus dem Wald, vor uns stehen zwei Frauen und zwei Männer in Bikinis und Badehosen, halten sich an den Händen, zählen, eins, zwei, drei und springen, verschwinden, es klatscht. Das Meer türkisblau. Die vier tauchen der Reihe nach wieder auf, lachend, die nächste Gruppe nimmt Aufstellung.

Direkt unter uns ist die Grotte, sagt Peter. Wir folgen ihm über den Felsen, Steinstufen hinunter, vorbei an Touristen, Einheimischen, Richtung Meer, wir suchen nach einem Platz, wo wir unsere Rücksäcke deponieren können, unsere Kleider und Schuhe, ich suche einen Platz, die anderen haben längst einen Platz gefunden, sind längst aus ihren Kleidern und Schuhen geschlüpft, während ich noch immer überlege, wo ich meinen Rucksack hinstellen soll, wie ich meine Schuhe hinstellen, wie ich mich umziehen soll, während ich noch überlege, wie ich hier unter all diesen Menschen in meinen Bikini kommen soll, sind die anderen längst umgezogen, sind auf dem Weg nach oben. Ich sehe Maries Haare, ihren Rücken, ihre Beine die Steinstufen hinauf-

klettern, unter dem Rock streife ich die Unterhose ab, steige in die Bikinihose, Marie ist schon ganz oben, ich sehe Clemens, wie er ihr die Hand auf den Hintern legt, wie selbstverständlich, wie er sie weiter nach vorn schiebt, ich streife mein T-Shirt vom Körper, ich sehe Julu, die stehen bleibt, sich umdreht, nach mir sucht, ich ziehe den BH aus, Peter, der plötzlich wieder vor mir steht, ich greife nach dem Handtuch, halte es mir vor die Brust, er grinst. Ich habe etwas vergessen, sagt er, die Taschenlampe. Ich nicke.
Kommst du?, fragt er.
Ich springe von unten, sage ich.

Ich nehme die Taschenlampe, lege das Handtuch über den Rucksack, setze einen Fuß vor den anderen, über die Steinplatten, Richtung Meer, Richtung Kante, klettere hinunter, suche nach Marie. Ich sehe Julu, die mir winkt.
Springen, ruft sie.
Neben ihr Peter, ein paar Meter weiter eine rote Spiegeleiqualle, ein Pärchen, das händehaltend vom Felsen springt und prustend wieder auftaucht, Hinterköpfe im Grotteneingang, zwei Leute, die darauf zuschwimmen, einer davon könnte Clemens sein, muss Clemens sein, das Wasser in der kleinen Bucht wogt hin und her, Julu und Peter wogen hin und her, spring einfach rein, ruft Julu, wirf die Taschenlampe runter, sagt Peter.
Das Wasser schlägt Wellen über die spitzen Felsen, ich will weiter hinunterklettern, will ganz nach unten

klettern, will ins Wasser klettern, aber die Felsen sind zu spitz, ich weiß nicht, wie ich über die Felsen kommen soll, die Taschenlampe fliegt in hohem Bogen durch die Luft, landet zwischen Peter und Julu, Peter ergreift sie, jetzt du, ruft er.

Fünf Meter neben mir springt eine Frau ins Wasser, klatscht auf der Wasseroberfläche auf, taucht unter, taucht wieder auf, nichts ist passiert, es ist ganz einfach, es ist nicht hoch, es gibt genügend Stellen, von denen es vollkommen ungefährlich ist, ins Wasser zu springen, es gibt genügend Stellen, an denen mir nichts passieren wird, es gibt sicher einen Ort, an dem Marie ist, an dem sie sich versteckt hat, vielleicht ist sie schon in der Grotte, sie ist einfach schon in die Grotte geschwommen, denke ich, wie sie so ist, immer so zielstrebig, so schnell, so tatkräftig, sie ist sicher längst in der Grotte und nicht an irgendeinem der Scheißfelsen zerschellt und im Meer ersoffen, sicher nicht, sicher nicht, und wenn doch, hey, sagt Clemens. Er steht vor mir, wo ist Marie, will ich sagen, doch ich bringe kein Wort heraus, in meinem Hals ein Kloß, Clemens nimmt meine Hand, wir springen gemeinsam, sagt er, er zieht mich an der Hand ein Stück nach vorne, bis an die Kante, ich sehe auf die spitzen Felsen unter mir, ich sehe Julu und Peter, wassertretend nebeneinander, im Höhleneingang sehe ich Marie, ich kann ihren Blick nicht erkennen, wir springen jetzt, sagt Clemens, eins, zwei, drei, er reißt mich in die Tiefe.

Wir müssen tauchen, sagt Peter. Marie nickt. Peter nimmt die Taschenlampe in den Mund, grinst uns an, streckt den Daumen nach oben und taucht unter, Clemens macht es ihm nach, Julu macht es ihm nach. Ich sehe die Körper verschwinden, ich kann mir ungefähr vorstellen, wo der Eingang ist, wo ich durchtauchen muss, ich kann mir ungefähr vorstellen, wie es geht, Luft holen, untertauchen, ein paar Schwimmzüge, auftauchen, die anderen werden dort sein, die anderen mit den Taschenlampen, ich werfe einen Blick zu Marie, sie schwimmt neben mir, wartet, sie will, dass ich untertauche, ich möchte gemeinsam mit ihr, aber vielleicht ist es zu eng für uns beide, vielleicht passt nur eine durch den Spalt, Marie neben mir, sie wartet, sie sieht mich an, sie macht einen Schwimmzug auf mich zu, drückt mich nach unten, schiebt mich aufs Loch zu, ein schwarzes Loch, es ist nicht groß genug für uns beide, ich will mich wehren, will zurück, vor mir taucht ein anderer Körper auf, ein Gesicht, eine Hand, packt mich, zieht mich, weiter ins Dunkle, durchs Dunkle, wieder hinauf.
Marie taucht neben mir auf, schnappt nach Luft. Von oben fällt ein kleiner Lichtstrahl herein, die Hälfte der Höhle ist stockdunkel, von oben sind Stimmen zu hören und ein Geräusch, Fledermäuse, sagt Marie. Der Lichtkegel der Taschenlampe fällt auf ihr Gesicht, mein Gesicht, streift die Wand entlang, kreuzt den Lichtstrahl der zweiten Taschenlampe, fährt hinauf zur Decke, zu den Fledermäusen, ich sehe weg.
Vorsicht eine Qualle, sagt Julu. Peter und Clemens

schwimmen zum Rand, klettern auf einen Felsvorsprung, untersuchen die Höhlenwand, Marie neben mir, ich stoße gegen ihre Beine, Marie tritt gegen meine Beine, ob man hier stehen kann, frage ich mich, die Qualle ein dunkler Fleck neben mir, Peters Rücken, der die Wand der Höhle hinaufklettert, viel zu hoch. Pass bitte auf, sagt Julu. Mein Atem ist zu laut.

Clemens, der Peter nachklettert, Clemens, dessen Fuß wegrutscht, dessen Hand ins Leere greift, dessen Hand Peters Badehose erwischt, sich daran festhält, Peter von der Höhlenwand reißt, Peter, der mit einem lauten Platsch ins Wasser fällt, Julu, die kreischt, ausweicht, die Taschenlampe fallen lässt, die Dunkelheit und Maries Körper neben mir.

Alles in Ordnung?, ruft Julu.

Ich hab nur die Taschenlampe verloren, ruft Peter.

Maries Körper drückt sich gegen meinen, schiebt mich vorbei an der Qualle, schiebt mich weiter in den dunkelsten Teil der Höhle hinein.

Wo seid ihr?, ruft Peter.

Hier, sagt Marie, hier bin ich. Ich höre, sehe, spüre Peter, der in unsere Richtung schwimmt und Marie, die ihre Arme um mich schlingt, Maries Haare überall, Marie, die sich von hinten gegen mich drückt, die mich in Peters Richtung schiebt, Marie, die mich jetzt nach unten ziehen will, auf den Boden der Höhle, ich greife nach Peter, halte mich an ihm fest, klammere mich, sauge mich an ihm fest. Da irgendwo ist die Taschenlampe, sage ich und taste ins Dunkle.

Ich greife nach Peters Hand, Peters Hand zieht mich nach oben, aus dem Wasser, über die spitzen Felsen, so schnell, dass es kaum wehtut. Jetzt springen wir noch mal rein, sagt er. Ich lasse seine Hand los, ziehe meine Hand weg, er greift nach meinem Arm, packt mich am Brustkorb, ich wehre mich, will flüchten, direkt neben mir die spitzen Felsen, das blaue Meer, die Bucht, über mir der große Felsen, der Vorsprung über der Grotte, Peter packt mich, hebt mich hoch, Peter ist stark, ich trag dich hinauf, sagt er, ich schreie, schreie so laut ich kann. Lass sie doch, wenn sie nicht will, sagt Julu. Die Leute schauen schon, sagt sie und wirft Peter einen bösen Blick, wirft mir einen bösen Blick zu, als wäre es meine Schuld, als wäre das alles hier meine Idee gewesen, ich will nicht, sage ich, ich will echt nicht. Okay, sagt Peter, setzt mich ab, lässt mich los, sieht mir in die Augen, sicher nicht?, fragt er. Ich schüttle den Kopf, sehe nach oben, oben auf der Kante des Felsens stehen Marie und Clemens, eng umschlungen, ihre Arme, Hände, Münder, Zungen ineinander verkeilt, ich sehe weg, sehe zu Julu und Peter. Springt ihr beide, sage ich.
Ich krame in meinem Rucksack, suche nach der Unterhose, dem Rock, dem T-Shirt, ich höre ein Aufklatschen, einen Aufschrei, Schreie, sind das Schreie? Die Leute stehen am Abgrund, sehen hinunter, in den Gesichtern Entsetzen, Unglauben, Ekel, ich suche nach Peter, nach Julu, nach Clemens, nach Marie, Marie, ruft jemand, rufe ich, das bilde ich mir ein, denke ich, ich laufe über die Felsen zurück zur Kante, ich folge den Bli-

cken der Menschen, folge ihren ausgestreckten Armen, ihren Schreien, ihren aufgeregten Rufen, sehe hinunter. Auf einem der Felsvorsprünge, fast schon im Meer, liegt der Körper, der Kopf verdeckt von blonden Haaren, blutroten Haaren.

Die Schreie, Rufe, Stimmen werden leiser, langsam, in Zeitlupe sehe ich den Körper, sehe sie über die Felsen springen, wie eine Bergziege mit Flipflops, sehe sie stolpern, sehe sie fallen, sehe mich fallen, aufprallen, aufbrechen, auseinanderbrechen. Der Oberkörper kippt nach vorn, der Mageninhalt drückt nach oben, ich presse die Hände gegen die Knie, um nicht nach vorn zu fallen, die Wellen des Meeres schlagen hoch, gegen das Gesicht, in die Nase, den Mund, die Lunge, ich schnappe nach Luft, ich huste, ich spucke, ich würge, ich spüre die Hand auf der Schulter, die Hand, die mir die Haare aus dem Gesicht streift, die Haare zurückhält, mich zurückhält.

Sie ist ausgerutscht und auf die Felsen gefallen, sagt Julu.

Lasst uns von hier verschwinden, sagt Marie.

Ich blicke auf Marie, sie steht neben mir, blickt nach unten, schüttelt den Kopf, ich blicke auf mein Erbrochenes, auf Julu und Peter, Clemens, er legt die Arme von hinten um Marie, zum Glück war es niemand von uns, sagt jemand.

MARIES HAARE hängen über meine Schulter, die Spitzen sind weiß. Maries Kopf liegt auf meiner Schulter. Maries Hand liegt auf Clemens' Oberschenkel, rutscht in Clemens' Schritt. Peters Gesicht taucht vor mir auf, bist du wach, fragt er, wir haben es bald geschafft.
Zum Glück, sagt Julu. Sie wischt sich mit der Hand übers Gesicht, umklammert das Lenkrad.
Soll ich fahren?, fragt Marie mit verschlafener Stimme, sie lehnt ihren Körper an meinen, beugt sich über mich drüber nach vorn.
Das geht jetzt auch noch, sagt Julu.
Okay, sagt Marie und legt ihr die Hand auf die Schulter, fährt mit den Fingern über ihren Nacken, drückt hinein. Ich halte die Luft an, es gibt nicht genügend Luft für uns alle. Ich beobachte Maries Finger, wie sie Julus Nacken massieren. Marie lehnt sich noch weiter über mich, nimmt die zweite Hand für die andere Schulter.
Das tut gut, sagt Julu, aber ich weiß, dass sie lügt, ich kann hören, dass sie Angst hat, dass auch sie nicht atmen kann. Marie seufzt, lässt sie los, ich öffne das Fenster, von draußen schlägt mir der Geruch von Jauche entgegen, schnell mache ich das Fenster wieder zu.
Ich brauche Sauerstoff, sage ich.
Ich brauche Alkohol, sagt Marie, trinken wir noch was, okay?

Wir stehen auf der Straße vor meinem Haus, mit unserem Gepäck. Es ist erst neun, sage ich, ich bin hungrig, sagt Peter, ich bin durstig, sagt Marie, hast du was zu trinken zu Hause, fragt Peter, ich habe Bier und Wein und Wodka, wir haben noch super viel Gras, sagt Peter, ich bin echt müde, sagt Julu, ich fahre nach Hause.
Peter nickt, umarmt sie, klopft ihr auf die Schulter, lässt sie los. Sie küsst Clemens, küsst Marie, drückt mich kurz an sich, dreht sich um und geht.

Peter nimmt seinen, Peter nimmt meinen Rucksack, geht zur Haustür, ich sperre auf. Er geht die Stufen hinauf, Clemens mit seinem, mit Maries Rucksack dahinter. Marie hakt sich bei mir unter, schiebt mich die Stufen hoch, ihren Blick auf Clemens Hintern gerichtet. Sie grinst. Peter dreht sich um, lässt mich vorbei, ich sperre auf, *so everybody came*, coole Wohnung, sagt Clemens, fühlt euch wie zu Hause, sage ich und drehe die Musik auf, *but you're here to have some fun,* Bier ist im Kühlschrank, sage ich, bestellt schon mal Pizza, wir machen uns frisch, sagt Marie.
Sie zieht mich ins Badezimmer, schließt die Tür, sperrt ab, zieht sich aus. Ich hüpfe schnell unter die Dusche, sagt sie, Wasser rauscht, tropfnass steht sie wieder neben mir, ich reiche ihr ein Handtuch.
Hast du frische Unterwäsche für mich?, fragt sie.
Im Kasten im Schlafzimmer, mittleres Fach, sage ich, sie geht hinaus. Von draußen riecht es nach Gras, sie

kommt zurück, schlüpft in meine Spitzenunterwäsche, die einzige, die ich habe, zieht sich an.
Lippenstift?, fragt sie.
Ein wenig übertrieben, denke ich, Lippenstift zu Pizza, aber ich reiche ihr den Lippenstift und sehe ihr dabei zu, wie sie die Oberlippe nachzieht, dann die Unterlippe.
Du auch, sagt sie, das steht dir, doch, tu's für mich.
Die Pizza ist da, ruft Peter durch die Tür.
Was macht ihr da drinnen?, ruft Clemens.
Gleich, ruft Marie.
Sie stellt sich hinter mich, schiebt mich zum Spiegel, mit der einen Hand hält sie meinen Kopf, mit der anderen den Lippenstift, mit dem Lippenstift zieht sie die Konturen meiner Lippen nach.
Was siehst du?, fragt sie.
Wir sehen, sage ich, du siehst, sagt sie, heiß aus, ich bin, sage ich, du bist, sagt sie, so sexy, sagt sie, ich schüttle den Kopf, sie hält ihn fest, sie zwingt mich, mich anzusehen, sie zwingt mich zu nicken, sie sagt, weißt du, was ich will?
Ich schüttle den Kopf.
Ich will, dass du heute kommst. Ich will dich hören, sagt sie, durch alle Wände hindurch will ich dich kommen hören, wir schaffen das.
Ich nicke. Sie fährt mit der Hand in die Jeans, in die Spitzenunterhose, zieht die Hand heraus, hält sie mir vor die Nase, riecht daran. Das beste Parfum, sagt sie und verstreicht die Flüssigkeit hinter ihren Ohren, hinter meinen Ohren.

Wow, sagt Peter.
Was habt ihr noch vor?, fragt Clemens.
Wir sind hungrig, sagt Marie.
Und durstig, sage ich.
Ich drehe die Musik lauter, Marie setzt sich auf die Couch, Peter schiebt den Karton über den Tisch, schiebt die Pizza in unsere Richtung, Marie nimmt das Messer, schneidet, *well, that's faster said than done,* reißt die Pizza in Stücke, beißt, schiebt sie in den Mund, Fett glänzt auf den Lippen, ich greife nach der Flasche, schenke Rotwein in mein Glas, sie nimmt den Joint aus seiner Hand, ich inhaliere, denke an Alexander, Marie denkt an niemanden. Wer will schon eine Beziehung, sagt sie, wer will schon Familie und Kinder, sage ich, jemand stößt gegen ein Glas, es fällt, zerspringt nicht, nur der Rotwein auf dem Teppich, macht nichts, sage ich, *I will help you if I must*, sie schiebt sich Chips, *experience is cheap*, schiebt sich Schokolade in den Mund, *and you know that in the end*, hebt die Hand, *I will kill you if I must*, zieht Clemens davon, *I will help you if I can,* schiebt ihn ins Schlafzimmer, aufs Bett.
Sie auf ihm, er auf ihr, sie umklammert ihn, er beißt sie, zieht an der Jeans, *it's one and the same*, er auf mir, ich auf ihm, umklammere ihn, ich schiebe sein Shirt. *It's one and the same, oh*, er umfasst ihre, sie stöhnt, er fährt über ihre, sie umfasst seinen, *happy endings, no they never bore me*. Er streicht mir übers Gesicht, ich schließe die Augen, er schiebt die Unterhose, *I sever my ties*, Kondom, *sever my ties*, wir brauchen ein Kondom, *and*

fuck forever, er dringt, ich stöhne, er stößt, sie schlägt, er schiebt, ich ziehe, er reißt, sie schreit, hält, drückt, zieht, halte, legt, schiebt, stößt, stöhne, stößt, stöhnt, schiebe, schiebt, schiebt zwei *if you don't mind* und sie schreit *I'm stuck* und ich, *in your mind, your mind.*

MARIE GEHT INS Zimmer, stellt die Tasche ab, kommt wieder heraus, läuft an mir vorbei, die Treppen hinunter, wieder hinauf, mit einer neuen Tasche an mir vorbei. Soll ich dir wirklich nicht helfen, frage ich zum dritten Mal, sie lacht mich aus, ich habe wirklich nicht viele Sachen, sagt sie, ich bin gleich fertig, konzentrier dich lieber auf deine Arbeit, du musst doch sicher irgendwelche Seminararbeiten schreiben oder so etwas, sagt sie und verschwindet durch die Wohnungstür, pfeifend, oder bilde ich mir das ein. Du hörst dich an wie die Mutter, sage ich, als sie mit einer Kiste im Arm das Wohnzimmer kreuzt. Seminararbeiten auf der Psychologie zählen für die Mutter doch gar nicht, sagt sie und verschwindet in der Küche.

Das ist alles, sagt Tom und stellt eine Kiste ins Wohnzimmer. Ich stehe auf, gehe um die Kiste herum, gehe um Tom herum, danke, sage ich. Nichts zu danken, sagt er und, na dann.

Danke, tschüss, ruft Marie und winkt. Tom dreht sich um und geht, ich schließe die Wohnungstür, gehe um die Kiste herum, Marie steht neben mir, greift in die Kiste hinein, zieht eine kleine Schachtel heraus. Für dich, sagt sie, für den Notfall und drückt mir das Ding in die Hand. Sie kramt in der Kiste, weißt du, was wir jetzt machen?

WAS HAST DU DIR dabei gedacht, sagt die Mutter. Sie greift nach der Hand des Vaters, hält sich an ihm fest. Hast du das selbst gemacht?, sagt sie, lässt den Vater los und macht eine Handbewegung. Der Vater weiß, welche Tabletten er ihr und welche er mir bringen soll. Sie haben diese Zeichensprache perfektioniert, die Mutter braucht nur den kleinen Finger zu heben und der Vater weiß, was er zu tun hat, wie ein Roboter, der Vater ist perfekt programmiert und verschwindet. Die Mutter kommt auf mich zu, widerwillig, sie fährt mit ihren Fingern durch meine Haare und stöhnt. Du hättest wenigstens zum Friseur gehen können, sagt sie, ich gebe dir meinen Sonnenhut. Was sollen die Leute denken?
Ich zucke mit den Schultern.
Was soll das, sagt die Mutter, was ist in dich gefahren, hast du Drogen genommen auf diesem Festival, bist du verrückt, auch noch Drogen zu nehmen, bist du vollkommen verrückt geworden, es ist einer dieser Momente, in denen die Mutter verrückt wird, ausrastet, in dem sie ihre Fassung verliert, in denen der Vater ratlos ist, weil er jetzt eine Entscheidung treffen muss, er hat sich für eine kleine blaue Pille entschieden, die er ihr gemeinsam mit einem Whiskey vor die Nase hält, der Vater wächst über sich selbst hinaus, er sagt: So schlimm ist es auch wieder nicht. Er zwinkert mir zu, das bilde ich mir ein. Die Mutter trinkt, schluckt, fasst sich.

Gegessen habt ihr wohl auch nichts in diesem Urlaub, sagt sie. Und wie verbrannt deine Haut ist. Und dazu diese Haare. Einen Moment lang tut sie mir leid, einen Moment lang will ich mich entschuldigen.
Wie geht's der Großmutter?, frage ich stattdessen.
Nicht gut, sagt sie, du solltest sie bald besuchen.
Ich nicke und gehe an der Mutter vorbei durch den Gang, vorbei an den Bildern, den Bildern von mir, zu vielen Bildern von mir, Bilder von mir und Alexander, zu viele Bilder von mir und Alexander, die Mutter überholt mich, es sind schon Gäste da, sagt sie, am liebsten würde sie mich als Ganzes im Sonnenhut verstecken, denke ich. Stattdessen tritt sie vor mich und stellt mich vor: Meine rebellische Tochter, sagt sie, als wäre sie stolz auf mich, als stünde sie voll und ganz hinter mir, als würde sie mich lieben, genauso, wie ich bin. Ich lächle, ich gehe reihum, schüttle die Hände der adretten, netten, gepflegten, gut aussehenden Ärztekolleginnen und -kollegen meiner Eltern. Ich schleiche mich zur Haushälterin in die Küche.
Neue Frisur, ganz modern, sagt sie und küsst mich auf die Wange.
Kann ich dir helfen?, frage ich.
Du bist keine Kellnerin, sagt sie.
Ich kann die Sachen rausbringen, sage ich. Ich stelle den Kartoffelsalat auf den Tisch, das Fleisch bringe ich zum Grill, zu einem Typen mit grau melierten Haaren, der mich an Alexanders Vater erinnert, nur ein wenig dicker, größer, älter.

Für den Grillmeister, sage ich.
Die Tochter des Hauses, sagt er, sag ruhig du zu mir, ich bin der Chris.
Ich schüttle seine Hand.
Willst du ein Würstchen?, fragt er, die sind schon fertig.
Ich bin Vegetarierin, sage ich und gehe zurück in die Küche, sehe der Haushälterin dabei zu, wie sie die Salate anrichtet.
Machen wir die Bowle fertig, sagt die Mutter.
Ich mache das, sage ich, pass auf mit dem Korken, sagt sie, greift nach dem Tomatensalat und verschwindet.
Immer so gestresst, sagt die Haushälterin und lacht.
Ich öffne den Kühlschrank, greife nach dem Sekt, löse den Draht, halte den Korken, drehe die Flasche, ziele Richtung Küchentür, drehe, lasse los, es ploppt, der Korken fliegt durch die Luft, trifft auf Chris' Bierbauch, er schreit kurz und lacht, ich lache auch.
Habt ihr einen Pinsel?, fragt er.
Einen Pinsel für Fleisch?, fragt die Haushälterin. Er nickt, sieht mich an, schaut auf mein Dekolleté, schaut dabei zu, wie der Sekt aus der Flasche quillt und überläuft.
Die Haushälterin drückt ihm einen Pinsel in die Hand und schiebt ihn aus der Küche. Ich leere den Sekt in die Schüssel mit den Erdbeeren, lausche dem Prickeln, greife hinein und hole eine Erdbeere heraus, stecke sie in den Mund, so süß, denke ich, ich lächle, ich werde müde, diese Erdbeeren machen mich immer so müde, ich gehe aus der Küche, durchs Vorzimmer, die Treppen

hinauf, durch den Gang, ins Schlafzimmer der Eltern, ich lege mich ins Bett, lehne mich zurück, sehe zur Tür, ich stelle mir vor, sein Körper füllt den Türrahmen fast aus. Ich stelle mir vor, er trägt einen schwarzen Pullover, eine schwarze Hose, einen schwarzen Hut, seine Augen sind schwarz. Komm rein, sagt er, tritt einen Schritt zurück und noch einen. Er spürt, dass ich mich fürchte, er kann es riechen, wie ein Hund. Der Geruch meiner Angst macht ihn scharf, ich spüre, wie sich die Luft verdichtet zwischen uns, wie sie sich auflädt mit meiner Angst und seiner Lust.

Möchtest du was trinken?, fragt er mich. Er lehnt jetzt im Türrahmen zur Küche, schräg, er besteht aus schrägen Linien, nur seine Augen sind runde schwarze Knöpfe, später werde ich sie ausreißen, denke ich.

Einen Whiskey, sage ich.

Er zieht die Augenbrauen in die Höhe, verschwindet in der Küche, es klirrt. Er hält mir das Glas hin.

Und du?, frage ich.

Nicht wenn ich arbeite, sagt er. Sein Blick mischt sich unter den Whiskey, der Whiskey brennt auf der Zunge, brennt die Speiseröhre hinunter.

Bist du bereit?, fragt er.

Ich nicke, trete einen Schritt zurück, das Vorzimmer ist klein, er ist groß, doppelt so groß wie ich, doppelt so hoch, doppelt so breit, doppelt so stark und weit, denke ich und folge ihm in den nächsten Raum.

Bitte sehr, sagt er und deutet auf die Couch und den Paravent.

Es ist eine Falle, denke ich, sie haben mich überlistet, ein Untersuchungszimmer, er wird mich auf dieser Couch untersuchen, aber er geht zu einer Leinwand und stellt sie auf die Staffelei, er geht zu den Farbtuben und zu den Pinseln, ich gehe hinter den Paravent und ziehe mich aus, lege mich aufs Bett, lehne mich zurück, stecke den Polster zwischen die Beine.

MARIE UND ICH betreten den Raum, stellen uns an die Bar, bestellen ein weiteres Bier, kämpfen uns weiter nach vorn, Marie schaut sich um, ich denke an Dominik, frage mich, ob er in eine andere verliebt ist, ob er eine Freundin hat, ob er deshalb so reserviert ist, ob ich ihn fragen soll, und *wenn du traurig bist und einsam und allein*, hör endlich auf zu denken, sagt Marie, aber ich kann nicht aufhören, sie geht davon, vor mir steht Dominik, mit diesem Lächeln, das verspricht, was es nicht hält, mit diesem Blick, mit dieser plötzlich offenen Tür, die hineinführt in einen Raum, der nur in diesem Moment existiert, ein Raum, in dem nur wir beide sind.

Hey, sagt Dominik und sieht mich an, mit diesem Blick, der alles bedeutet und nichts, mit dieser Möglichkeit, dass etwas passieren wird, was nicht passieren kann, nicht passieren wird, schau, sagt Dominik und zuckt mit den Schultern, ich kann mir nicht vorstellen, was er sagen will, ich kann mir nicht vorstellen, was er sagen kann, dass er überhaupt etwas sagen muss, fuck, sagt er und greift nach meinen Schultern, zieht mich zu sich, meine Lippen auf seinen, sein Becken drückt gegen meines, der Mond schiebt sich vor die Sonne, denke ich, diffuses Licht einer Sonnenfinsternis, viel zu kitschig.

Unten kann man tanzen, sagt Marie. Ich öffne die Augen, sie sieht ungeduldig aus, als hätte sie schon mehrmals etwas zu mir gesagt. Sie schüttelt den Kopf. Ich hasse es,

wenn du von diesem Dominik träumst. Wenn du wenigstens mit ihm ficken würdest, sagt sie.
Ich bin verliebt, sage ich.
Marie sieht mich an.
Ich gehe jetzt, sagt sie, ich will jetzt Spaß haben, ich halte es nicht mehr aus mit dir, schreit sie, dieses Träumen und Projizieren, so ein Scheiß, und dieser Dominik wird mich schon noch kennenlernen. Ich starre auf ihren Rücken, auf ihre Haare, die sich entfernen, ich bestelle mir einen Whiskey, stecke die Zunge in das Loch im Eiswürfel, drücke den Eiswürfel gegen den Gaumen, Marie und Dominik, denke ich, ich zerdrücke, zerbeiße, keine gute Idee, denke ich, zerstöre den Eiswürfel und schlucke, aber sie hat recht, wo sie recht hat, hat sie recht. Ich trinke den Whiskey auf ex, rutsche vom Barhocker, jemand berührt meinen Arm.
Dein Schal, sagt einer, die Augen groß und kugelrund, der Hals breit, der Blick irgendwie okay, irgendwie sympathisch, seine Hand lässt mich los, greift nach dem Schal, der vom Barhocker rutscht, und hält ihn mir entgegen.
Das ist nicht mein Schal, sage ich.
Er sieht mich an, leicht verwirrt, mit dem Schal in der Hand, zuckt mit den Schultern, ich denke, dass er den Schal weglegen und sich umdrehen wird, dass ich noch eine Sekunde Zeit habe und dass die Sekunde sehr lang ist.
Der Schal, sagt er, würde aber zu dir passen.
Vielleicht gehört er meiner Freundin, sage ich.

Wo ist deine Freundin?, fragt er.
Sie ist unten und tanzt, sage ich.
Gehst du auch tanzen?, fragt er.
Ich gehe nur aufs Klo, sage ich.
Ich halte dir deinen Platz frei, sagt er und lächelt, ich drehe mich um, im Spiegel auf dem Klo lächle ich noch immer, ich ziehe meinen Lippenstift nach, fahre mir durch die Haare, klettere zurück auf den Barhocker, sehe ihn an. Er nimmt den Schal, legt ihn um meinen Hals, einen Moment lang habe ich Angst, ich weiß nicht, wovor, er lächelt und bestellt mir noch einen Whiskey. Ich betrachte sein Profil. Ich heiße Chris, sagt er und prostet mir zu, fragt mich nach meinem Namen, ob ich studiere, woher ich komme, was ich will in meinem Leben, ich antworte brav, bin betäubt vom Klang seiner Stimme, er fährt mit der Hand unter den Schal, er sagt, dass er gerne mit mir allein wäre, sehr gern, ganz allein mit mir und zieht mich mit dem Schal zu sich und ich denke an Marie, die gesagt hat, ich soll mal was erleben. Ich nicke, trinke aus, er nimmt mich an der Hand, führt mich zu einem Taxi, führt mich zu sich. Im Lift zieht er mich wieder mit dem Schal zu sich, im Lift denke ich kurz, er wird weiter am Schal ziehen, fester, er wird mich erwürgen, denke ich plötzlich. In seiner Wohnung, auf seinem Bett, mit dem Schal an sein Bett gefesselt, schreie ich, ich schreie nach Marie, bis ich komme.

DAS BETT IST LEER, das Zimmer ist leer, es riecht nach Essen, Desinfektionsmittel, Tod. Ich gehe auf den Balkon. Die Großmutter im Rollstuhl, mit geschlossenen Augen, in der Sonne.
Endlich, meine Enkelin, sagt sie.
Ich greife nach ihrer Hand, fahre über die dunkelvioletten Flecken auf ihrer Haut, streiche ihr über die Wange, lege meine Wange auf ihre.
Ich hasse Krankenhäuser, sage ich.
Ich weiß, sagt sie, ich auch, ich habe so viel Zeit in Krankenhäusern verbracht, genug Zeit, ich vermisse das Haus und den Garten, sie seufzt.
Der Ausblick ist nicht schlecht, sage ich.
Der Ausblick vom Gefängnis, sagt sie, dreht den Kopf zu mir, sieht mich an.
Wie geht es dir, fragt sie, sie räuspert sich, wie geht es dir mit Alexander?
Wir haben uns getrennt, sage ich.
Das weiß ich doch, sagt sie, wie geht es dir damit?
Die Großmutter hustet, ihr Körper beugt sich nach vorn, ihr Körper wackelt hin und her, ich weiß nicht, wie aus ihrem kleinen Körper so ein lauter Husten kommen kann, Oma, sage ich, geht's, und reiche ihr ein Taschentuch. Sie hält es vor den Mund, würgt, hört auf zu husten. Entschuldigung, sagt sie.
Wie geht es dir in der Wohnung?, fragt sie.

Ich habe jetzt eine Mitbewohnerin, sage ich.
Ach so?, sagt die Großmutter.
Ja, sage ich, eine Freundin, sie ist Musikerin und hat nicht so viel Geld. Sie schläft im zweiten Zimmer, hilft im Haushalt, kocht.
Das ist nett, sagt die Großmutter, wie heißt sie denn?
Marie, sage ich.
Wie deine Freundin als Kind?, fragt die Großmutter und beginnt wieder zu husten, sie hustet so heftig, ich habe Angst, sie erstickt.

ICH STEHE IN der U-Bahn, halte mich an der Stange fest. Ich weiß nicht, wo ich aussteigen soll. Soll ich beim Schottentor aussteigen, wo die meisten Studenten aussteigen, die Rolltreppe hinauffahren und ausschwärmen wie Ameisen. Soll ich beim Rathaus aussteigen, wo ich sonst aussteige, wo viel weniger aussteigen, von wo aus ich mich heimlich dem Institutsgebäude nähern kann. Ich muss mich entscheiden, denke ich. Die U-Bahn schaukelt hin und her, ich sehe mich um, sehe Dominik, er ist wieder zurück, denke ich. Er steht im selben Waggon wie ich, bei der nächsten Tür. Ich denke an Marie, stelle mir vor, wie sie ihre Beine, ihre Arme unter der Bettdecke hervorstreckt und lautstark gähnt. Sie springt aus dem Bett und steigt aus der U-Bahn, folgt Dominik, der auf der Rolltreppe nach oben fährt. Ich folge ihr, folge ihm, stelle mich hinter ihn, als er sich einen Kaffee bestellt. Hallo, sage ich.
Er dreht sich um, sieht mich an, legt den Kopf schief, er braucht einen Moment. Ich hab dich fast nicht erkannt, sagt er. Die Haarfarbe, sagt er, die Frisur. Steht dir gut.
Gehst du zur Vorlesung?, frage ich.
Er schüttelt den Kopf, ich habe einen Sprechstundentermin, dann muss ich in die Bibliothek, ich habe Bücher bestellt, eine Seminararbeit verschwitzt, die ich diese Woche abgeben muss. Ich bin ziemlich im Stress.
Wir setzen uns gleichzeitig in Bewegung, zur nächsten

Rolltreppe, die Rolltreppe hinauf, Richtung Institutsgebäude, ich gehe neben ihm her, obwohl er das hasst, fällt mir ein.
Welche Lehrveranstaltungen machst du dieses Semester?, frage ich.
Ich muss mich auf mein anderes Studium konzentrieren, sagt Dominik, ich mache dieses Jahr kaum was auf der Psychologie. Wir haben keine Lehrveranstaltung gemeinsam, wir stehen bereits im Eingangsbereich des Instituts, Dominik sieht sich um, zeigt auf ein Plakat: *Psychoaktive Substanzen in der Therapie. Exkursion an den Amazonas.* Das würde mich interessieren, sagt er. Er lacht.
Na dann, sagt er.
Wenn dein Stress vorbei ist, können wir ja mal auf einen Kaffee gehen, sage ich, er nickt.

ICH BIN NUR WEGEN Marie hier, denke ich, Marie will unbedingt auf die Party in dieser Dachgeschosswohnung gehen, Marie will unbedingt diese Leute treffen, angehende Ärzte, Rechtsanwälte, Betriebswirte, Politiker, zur Abwechslung, hat sie gesagt, Marie steht vor dem offenen Fenster, raucht, schaut, sortiert nach Berufsgruppen, Parteien, Steuerklassen, Sportarten. Ich folge ihren Blicken, ich kenne alle hier, kenne niemanden wirklich, kenne das alles, sehe nur einen, der mich interessiert, ein Freund von Alexander, der mich immer schon interessiert hat, denke ich plötzlich, er trägt einen Anzug, wie immer. Vor Marie stehen drei Männer, nein, Burschen, junge Burschen in bunten Hemden. Sie führen eine Diskussion, sie wollen Marie beeindrucken, sie blähen sich auf mit Worten. Marie lächelt ihnen zu, aufmunternd, interessiert, naiv, die Lippen ein wenig geöffnet, sie tut, als wäre sie tatsächlich so leicht zu beeindrucken, als wäre sie eventuell zu haben, ich denke, sie hat es auf den linken abgesehen, auf den ältesten, auf den männlichsten, ich weiß nicht, was sie an ihm findet, vermutlich die Figur und dieser glatte Teint, vermutlich will sie sein Gesicht abschlecken, alle seine Muskelpartien einzeln ablecken, ich sehe ihre Zunge vibrieren, wenn sie den Mund öffnet und den Kopf zurücklegt beim Lachen, ich warte, dass ihre Zunge herausschnappt.

Ein Cocktail für die Dame, sagt jemand in einem rosa Polohemd, drückt mir ein Glas in die Hand und sieht dabei zu, wie ich trinke.
Verrätst du mir deinen Namen?, fragt er.
Nein, danke, sage ich, gebe das Glas zurück und ziehe Marie am Arm.
Was ist?, fragt sie.
Holt mich jemand hier raus?, sage ich.
Marie lacht, der Typ im rosa Polohemd geht weg, die anderen drei schweigen, verunsichert, sehen sich an.
Magst du keine Cocktails?, fragt der eine.
Was ist los mit dir?, der andere.
Geht's dir nicht gut?, der dritte.
Einer von ihnen legt mir den Arm um die Schulter und hält mir seine Bierflasche hin.
Ich muss mal wohin, sage ich, nämlich weg von hier, denke ich und lasse sie stehen, ich gehe auf die Toilette, ich muss allein sein, aber ich bin nicht allein. Die Toilette verspiegelt, jede einzelne Wand der Toilette ein Spiegel. Ich sehe meinen Spiegelbildern dabei zu, wie sie den Hosenknopf öffnen, die Hose nach unten schieben, wie sie sich auf das Geschlecht starren, ein vollkommen enthaartes, nacktes Geschlecht, es starrt zurück von allen Seiten. Ich setze mich, kein einziger Tropfen kommt aus der Harnröhre, ich kann nicht pinkeln, wenn ich mir dabei zusehe, keine einzige Träne in meinen Augen, obwohl das Licht so grell ist, obwohl mein Spiegelbild so traurig aussieht, als würde es gleich losheulen. Ich starre auf den Bauch, er wölbt sich nach allen Seiten, wird grö-

ßer und größer, er explodiert, ich stöhne, sein Inhalt verteilt sich auf allen Spiegelwänden, stelle ich mir vor und frage mich, was sie machen würden, wenn ich kollabiere, stelle mir vor, wie sie die Tür aufstemmen, wie sie alles kaputt machen, wie jeder einzelne Spiegel zerbricht.

Es klopft. Ich sehe meinen Spiegelbildern dabei zu, wie sie aufstehen, die Hose hochschieben, zumachen. Die Spülung, das Waschbecken, die Tür.

Auf der Toilette kann man sich verlieren, sage ich, er nickt nur, geht an mir vorbei, schließt die Tür hinter sich. Ich will mir vorstellen, wie er den Gürtel, den Hosenknopf, die Hose, ich drehe mich um, gehe ein paar Schritte den Gang entlang, sehe die Bilder. Kleine quadratische Bilder an der Wand, eine Serie, eine Geschichte, eine Frau auf einem Barhocker, vor einem Fenster, eine Frau mit hohen Absätzen, Strümpfen, ich gehe weiter, Schritt für Schritt an den Bildern entlang, folge den Bewegungen der Frau, sie zieht sich an oder aus, ich weiß es nicht, ich höre die Spülung, die Toilettentür, spüre den Typen neben mir, spüre einen Stich in den Eingeweiden, ein Zittern in den Knien, eine Gänsehaut, wie er hinter mir vorbeigeht. Enttäuschung, dass er weggeht, zu den anderen, sich zur Gruppe der anderen stellt, zu Marie.

Ich wusste gar nicht, dass du dich so für Kunst interessierst, sage ich zu ihm.

Er sieht mich kurz an, sieht wieder weg, die anderen sehen mich an, starren mich an.

Was schaut ihr so?, frage ich.
Ich glaube, du kriegst deine Tage, sagt Marie, sagt Marie laut vor allen anderen, die anderen sehen weg, der Anzugtyp sieht mich an, zum ersten und zum letzten Mal.

TOM KOMMT aus dem Hinterraum, Weinflaschen in der Hand, er nickt mir zu. Er räumt die Flaschen in die Lade, beugt sich nach unten, seine Haare sind voll, ich kann keine Spur einer Glatze sehen, er lächelt mich an. Geht's gut?, fragt er und ich nicke, es geht mir gut, behaupte ich, das freut mich, sagt er, denn ehrlich gesagt, habe ich mir Sorgen gemacht.
So ein Schwachsinn, sagt Marie, uns geht's bestens, sie legt den Arm um mich, wir gehen jetzt tanzen, sagt sie, nur wir zwei.

Marie hüpft die Straße entlang zur U-Bahn. Ich folge ihr durch die Schneeflocken, folge ihr durch U-Bahn-Schächte, folge ihr ins nächstbeste Lokal, vorbei an Türstehern und hundert Typen, auf die Tanzfläche und zur Bar. Wir setzen uns, verschnaufen.
Wer gefällt dir?, fragt Marie. Such dir einen aus, sagt sie. Du kannst jeden haben, glaub mir. Wenn du dir keinen aussuchst, sucht dich einer aus. Da kommt er schon.
Er ist klein und hässlich und überhaupt nicht nach meinem Geschmack, er kann nicht reden, weil er schon zu betrunken ist, er baut sich vor mir auf, versucht es trotzdem. Wie heißt du überhaupt?, lallt er.
Sie steht nicht auf dich, sagt Marie. Echt nicht. Verschwinde.
Er flucht, dreht sich um, geht. Ich fluche auch, ich hasse

das, solche Männer, sage ich, warum kommen die zu mir, ich versteh das nicht.
Du bist selbst schuld, sagt Marie. Du musst dir den Mann aussuchen, einen, der da ist, und nicht irgendeinen Traumtypen, du musst aufhören, auf deinen verfickten Traumtypen zu warten.
Aber, sage ich.
Und jammer nicht herum, sagt sie, du kannst jeden haben.
Ich blicke auf die Tanzfläche, überall Männer, von denen keiner Dominik ist, uninteressante Frauen und Marie. Sie sitzt mit dem Rücken zur Bar auf dem Hocker, lächelt. Sie schlägt die Beine übereinander, wippt mit den Füßen im Takt der Musik, ohne dass ihre Stöckelschuhe von den Füßen fallen.
Wer gefällt dir?, frage ich sie.
Marie hebt ihr Kinn, schaut. Ihre Nasenspitze zeigt auf einen Stehtisch schräg gegenüber. Ihr Blick verfängt sich in den blonden Locken eines Mannes, streicht über dessen Körper, spiegelt sich in seinem Gesicht. Der Blick wandert über den Scheitel eines anderen Mannes, streichelt über seine Wangen, gleitet über sein weißes Hemd, die Beine hinunter.
Lass uns tanzen, sagt Marie.
Sie rutscht vom Barhocker, der dunkelhaarige Typ steht auf, kommt auf sie zu, macht einen kleinen Knicks und tanzt. Ein Tänzer, denke ich, ein Balztanz. Marie legt den Kopf schief und lächelt, Marie ergreift die Hand des Tänzers, lässt sich herumwirbeln. Vor mir steht der

blonde Typ und hält mir die Hand entgegen, bietet mir den Arm an und ich greife danach, spüre die Wärme der Hand, spüre den sanften Druck des Arms auf meinem Rücken, rieche, sehe das Blitzen in seinen Augen, lasse mich herumwirbeln, um mich, um ihn, um Marie und den anderen, der mir von hinten auf die Schulter klopft. Der Blonde lässt mich los, der Blonde ergreift Marie, der Dunkle ergreift mich, zieht mich, schiebt mich, zerrt und reißt an mir, stinkt.
Pause, sage ich.
Ich gehe zur Bar, bestelle ein Soda Zitrone. Der Dunkle steht neben mir, wartet, will reden, will tanzen, will etwas. Der Blonde tanzt mit Marie, tanzt mit Marie so viel besser als mit mir, wieso tanzt er mit ihr und nicht mit mir.
Alles klar?, fragt mich der Dunkle.
Mir ist schwindlig, sage ich.
Alles klar bei dir?, fragt mich Marie.
Marie, sage ich.
Schrei mir nicht ins Ohr, sagt sie.
Marie, ich will den Blonden, sage ich. Der Dunkelhaarige ist nicht mein Typ.
Es hilft nichts, wenn du schreist, sagt sie.
Der Blonde, sage ich, du hast gesagt, ich kann mir einen aussuchen. Marie nickt. Aber der Blonde, sagt sie, was, sage ich, kleines Problem, sagt sie, was, sage ich, der steht auf mich.

ICH GEHE LOS, in die falsche Richtung, oder in die richtige, ich weiß es nicht. Vor mir liegt die Prater Hauptallee, es hat geschneit, hat die ganze Nacht geschneit, Schnee schimmert in schalem Licht. Ich gehe weiter, ich bin schon einmal hier mit ihr spaziert, denke ich und lache, bis ich traurig werde, bis das Lachen zu einem Weinen wird, bis ich nicht mehr kann. Ich setze mich auf eine Bank, blicke in die Mischung aus Grau, Braun und Weiß, ich fühle mich leer, ich fühle mich so leer ohne sie.

Hast du gewusst, dass die Leute im Winter im Prater langlaufen?, frage ich Marie in Gedanken, und vor dem Rathaus laufen sie auf dem Eis, will ich ihr sagen. Und nicht nur vor dem Rathaus, sondern auch hier, auf dem gefrorenen Teich im Prater. Kannst du eislaufen, Marie? Natürlich kann sie eislaufen.

Lass uns eislaufen Marie, lass uns eislaufen, denke ich. Marie würde sicher lieber vor dem Rathaus eislaufen, wo jeder sie sehen könnte, sie will ihre Runden um das Rathaus drehen und um die Universität, sie will auf die Bühne des Burgtheaters fahren und ich frage mich, wie das gehen soll, aber sie kommt schon wieder heraus und wir fahren gemeinsam über den Ring bis zum Volkstheater und in wenigen Schwüngen durch den siebten, den sechsten, den fünften und vierten Bezirk, vorbei an den Bars, die mir bekannt vorkommen. Ich muss mich

anstrengen, um Marie zu folgen, sie fährt so schnell, so wahnsinnig schnell einen Skihang hinunter, als hätte sie keine Angst davor zu stürzen und zu sterben und ich, die ich große Angst habe um sie und um mich, ich muss schneller fahren, noch schneller, ich muss sie doch einholen und dann im Prater, auf dem gefrorenen Teich bleibt sie endlich stehen und dreht sich um.
Wieso fährst du so schnell?, rufe ich, wieso wartest du nicht auf mich, ich schreie sie an, sie reagiert nicht, das Eis knackst.
Wieso läufst du immer vor mir davon?, schreie ich so laut, dass das Eis zwischen ihr und mir Risse bekommt. Ich schreie auf sie ein, sie reagiert nicht, ich stampfe mit den Füßen, Marie sagt kein Wort, ihr Körper wird kleiner und kleiner, nur mehr ihr Kopf ragt aus dem Wasser, sie hebt eine Augenbraue, sieht mich verächtlich an.
Marie, schreie ich. Sie verschwindet.
Marie!
Warmer Atem auf meinem Gesicht, der Geruch eines anderen Menschen, der Geruch irgendwie vertraut, jetzt wach auf, sagt die Stimme, du kannst hier nicht schlafen. Jemand rüttelt mich, ich will etwas sagen, ich will die Lippen öffnen, mach die Augen auf, sagt er, die Lider noch nicht zusammengefroren, ich kann sie öffnen, ich sehe Alexander, Alexander, der mich umarmt, der versucht, mich zu wärmen, dessen Berührung auf dem gefrorenen Körper brennt. Au, sage ich, lass das, ich soll das lassen, schreit er, willst du dich umbringen, bist du vollkommen verrückt? Ich will mich bewegen,

ihn wegstoßen, der Körper knackst, ich spüre den Riss, von oben nach unten, ich spüre, wie alles zerbricht, Alexander lässt mich los, ich breche auseinander, will mich zusammenhalten mit meinen Armen, ich habe keine, ich will aufstehen, ich habe keine Beine, keine Augen, alles ist schwarz.

ALS ICH WIEDER zu Bewusstsein komme, steckt etwas in mir. Ich ziehe es aus mir heraus, betrachte die verkrusteten Spuren der Erinnerung.

Marie und ich, ein Typ und eine Flasche Wodka, überquellende Aschenbecher und der Typ legt einen Arm um sie und einen um mich. Küsst sie, greift mit der Hand in meinen Ausschnitt, sucht meine Brustwarze. Küsse ihn auf den Nacken, schiebe meine Hand in seine Hose. Dreht den Kopf weg von ihr zu mir, küsst mich. Sie dreht sich von uns weg und springt auf. So einfach geht das nicht, sagt sie, so einfach geht das wirklich nicht, und verschwindet. Es geht einfach nicht, sagt er und steht auf, ich muss nach Hause zu meiner Freundin. Er packt den erigierten Schwanz in die Hose und geht, lässt mich zurück mit den Löchern in mir, und ich nehme die Flasche Wodka und den Vibrator, den Wodka für oben, den Vibrator für unten, Wodka, Vibrator, Wodka. Die Wodkaflasche ist leer. Der Vibrator ist echt, die Nacht in mir, in meinen Löchern, der Wodka noch immer in mir, ich noch immer, Marie, nie wieder, denke ich, nie wieder, ich laufe in die Küche, ich suche das größte und schärfste Messer, ich zerhacke, zerteile, zerkleinere das Beweisstück und werfe es in den Müll.

SIE SCHLÄFT, sagt die Frau im weißen Mantel. Sie schläft, denke ich, aber ich bin nicht sicher. Ich trete näher ans Bett, versuche ein Lebenszeichen zu erkennen, ein Heben und Senken des Brustkorbs, ein Zittern des Nasenflügels, ein Zittern des Augenlids, irgendetwas, nichts. Ich trete näher, lege meine Hand auf ihre, die Hand ist nicht warm, auch nicht kalt, ich spüre ein bisschen Leben darin, nicht viel, aber ein bisschen. Oma, sage ich sehr leise, ich will sie nicht aufwecken, Oma, ich habe Angst. Ich ziehe einen Stuhl zum Bett, so nahe wie möglich zum Bett, setze mich auf den Stuhl, nehme die Hand, lege die Stirn auf die Hand der Großmutter und atme. Oma, will ich sagen, ich will irgendetwas sagen, will ihr erzählen, dass ich mich nicht auf Marie verlassen kann, dass ich nicht weiß, was ich machen soll mit Marie, dass ich verliebt bin, in den falschen Mann, wird sie sagen, du bist verliebt in den Falschen, wird die Großmutter sagen, und dass Marie keine gute Freundin ist, dass ich sie rauswerfen soll, wird sie sagen, sie loswerden, dass sie es nicht gut meint mit mir, aber, werde ich sagen, dass es nicht geht, es geht einfach nicht, werde ich schreien, verzweifelt, und sie wird die Hand heben, auf meinen Kopf legen und mir über die Haare streichen, die Hand der Großmutter ist feucht, feucht und salzig, ich will sie nicht aufwecken, ich weine leise, sehr leise in das Bett der Großmutter hinein, ich presse das Gesicht gegen die Krankenhausdecke, stecke den Kopf darunter, drücke die Stirn gegen das Gitter, umwickle mich mit der Decke.

Bitte hol die Mutter und den Maler zum Essen, sagt der Vater.

Ich lege die Hand auf das Geländer, streiche darüber, mit den Fingerkuppen zuerst, dann mit den Nägeln, ziehe ich die Linien der Musterung nach, will meinen Fingernagel ins Holz stecken, doch das Holz ist härter als ich. Mit der einen Hand am Geländer fließe ich die Stufen hinauf, zerfließe in Brauntöne. Als ich oben bin, habe ich die Farben meiner Umgebung angenommen, bin unsichtbar geworden, kann mich Richtung Salon bewegen, ohne den Boden zu berühren. Der Boden knackst nicht, die Tür knarrt nicht, die Mutter sieht mich nicht, sie sieht aus dem Fenster. Die Mutter sitzt auf einem Hocker, die Beine leicht angewinkelt, die Absätze ihrer Stöckelschuhe berühren den Boden nicht. Die Tür bewegt sich nicht, ich bewege mich nicht, der Maler sieht mich nicht, er sieht nur die Mutter, er sieht die Mutter doppelt, denke ich. Er tritt zur Seite. Die Mutter auf dem Bild trägt die gleichen Stöckelschuhe, trägt die gleichen Strümpfe, die Beine leicht angewinkelt, der Hintern der Mutter auf dem Bild ist rund und nackt. Der Maler dreht sich um.

Wir haben eine kleine Voyeurin, sagt er. Die Mutter am Fenster lacht.

Was willst du?, sagt sie.

Was machst du hier?, sagt die Mutter. Ich höre, was sie nicht sagt, ich höre ihre Gedanken, ich spüre ihre Gefühle, die Überraschung, den Ärger, die Sorge, ich sehe, dass sie kurz nicht weiß, was sie mit mir machen soll, die Ratlosigkeit.
Bitte steh auf, sagt die Mutter, bitte komm aus dem Bett, deine Großmutter ist sehr krank, bitte komm aus dem Bett heraus. Sie beherrscht sich, wie lange kann sie sich noch beherrschen, der Vater öffnet eine Medikamentenpackung, der Vater füllt ein Glas mit Wasser und löst etwas darin auf.
Bitte, sagt die Mutter, bitte komm da weg.
Marie, sagt die Großmutter leise und ich rücke näher zu ihr, die Mutter hält die Luft an, die Großmutter sagt nichts mehr, sie schläft, sagt der Vater, er nimmt meine Hände, löst sie vom Körper der Großmutter, ich bin zu schwach, um mich zu wehren, der Vater zieht mich vom Bett, hebt mich hoch, setzt mich in den Sessel, die Mutter starrt mich an, schüttelt den Kopf.

ALS ICH WIEDER zu Bewusstsein komme, kniet Marie auf mir, ihre Haare ein Vorhang, ihr stechender Blick. Ihre Hände an meinem Hals, sie beugt sich über mich und fragt, ob ich mit Tom, mit der einen Hand drückt sie mich nieder, mit der anderen greift sie nach dem Polster, drückt ihn auf mein Gesicht, ob ich mit Tom über sie geredet habe, will sie wissen, ob ich ihm erzählt habe, dass sie Gefühle, sie hat nämlich keine, sagt sie und dass Sauerstoffentzug beim Orgasmus hilft, ob ich nun mit Peter, ich schreie, ich strample, stoße sie von mir, ob ich nun endlich gekommen bin, will sie wissen.

ERINNERST DU DICH an die Namen der Männer, mit denen du geschlafen hast?, frage ich sie im Mezzanin.
Die Nachnamen, bist du verrückt?, sagt sie, ohne stehenzubleiben.
Und die Vornamen?, frage ich im ersten Stock.
Marie zuckt mit den Schultern. Es fällt mir leichter, die Namen der Männer aufzuzählen, mit denen du geschlafen hast, wie heißt Peter noch mal im Nachnamen, fragt sie mich.
Hör auf mit Peter, sage ich, bleibe stehen und blicke aus dem Fenster im zweiten Stock.
Der ist doch der perfekte Fickbuddy, sagt sie, geht weiter, ich schüttle den Kopf.
Ich stehe im Halbstock, ich starre auf Maries Rücken, starre auf ihre Haare, sie schwingen hin und her. Marie dreht sich nicht um, Marie dreht sich niemals um, sie steigt die Stufen weiter hinauf in den dritten Stock, der eigentlich der sechste ist. Ich setze mich wieder in Bewegung, ich folge Marie, die schon den Gang entlanggeht, die auf die Eingangstür zusteuert und sie öffnet. Marie, die eintritt und Hallo zu Tom sagt, Hallo zu seiner Mitbewohnerin, Hallo zu Peter. Ich folge Marie, die ihre Küsschen verteilt, die eine Flasche Gin aus ihrer Tasche zieht und sie Tom in die Hand drückt. Ich beobachte Tom, der sofort nach dem Tonic zu suchen beginnt und den Gin in das Gefrierfach quetscht. Ich stelle mich

neben Tom, ziehe eine Flasche Wein aus dem Kühlschrank, greife nach einem Glas und schenke mir ein.
Na?, sagt er, alles gut?
Ich zucke mit den Schultern, drehe mich um, beobachte Marie, die lacht und dabei ihre Haare schüttelt. Ich drehe mich um und sehe Peter, dessen Kopf hinter der Kühlschranktür verschwindet, dessen Kopf wieder auftaucht, auf dessen Kopf eine Kappe sitzt, die seine beginnende Glatze verbirgt, eine Kappe, mit der er ganz süß aussieht.
Hi, sagt er und prost und wir haben uns schon lange nicht mehr gesehen, wie geht es dir immer so?
Ich hasse WG-Partys, sage ich. Ich wollte nicht kommen, aber Marie meinte, ich soll unbedingt mit.
Peter blickt an mir vorbei ins Wohnzimmer, Peter blickt durch mich hindurch, auf Marie, Peter nickt und sagt, das ist doch gut so.
Ich muss auf Klo, sage ich und lasse ihn stehen.
Als ich zurückkomme, steht Marie mit Peter und Tom in der Küche und mixt Cocktails mit Gin. Ich gehe ins Treppenhaus, um dort allein zu rauchen. Ich öffne das Fenster zum Hof und beuge mich hinaus, atme Nachtluft ein. Ich höre, wie jemand kommt, ich drehe mich nicht um, ich zucke kaum zusammen, als jemand mir etwas Kaltes gegen den Rücken presst. Da ist dein Gin Tonic, sagt Peter, prost. Er sieht mich unter seiner Kappe hervor so an, dass ich mich frage, ob die Tatsache, dass ich seit der dritten Klasse Gymnasium seinen Nachnamen kenne, irgendeine verdammte Rolle spielt –

Hallo ihr zwei Hübschen, sagt Marie, Prost. Sie stellt sich zu uns und ich bin erleichtert, dass sie das Reden übernimmt und das Flirten. Als sie sich auf das Fensterbrett setzt und ihre Beine anzieht, sodass man ihr unter das Kleid sehen kann, sodass man sich fragen muss, ob sie einen Stringtanga oder gar keine Unterwäsche trägt, sodass man unweigerlich ins Nachdenken kommt, ob ihre Schamhaare nun blond oder braun sind, werde ich unruhig. Ich denke an Julu, die heute nicht da ist, Julu, die schon lange nicht mehr mit Peter zusammen ist, Julu, die immer da war für mich, ich denke an Dominik, der nie da ist und an Tom. Marie lacht, sie lehnt sich zurück, ich halte die Luft an, sie hält sich an Peters Arm fest und zieht ihn zu sich. Ich versuche, das Gefühl zu benennen, das sich in mir ausbreitet, als sie ihn umarmt und in sein Ohr kichert. Und als er sich aus ihren Armen löst und sagt, ich hole mal ein Bier, und als er weggeht und uns allein lässt und Marie sich eine Zigarette anzündet und den Rauch Richtung Himmel bläst, nehme ich all meine Kraft zusammen und gebe ihr einen Stoß.

ICH DRÜCKE MICH in die Matratze. Der Körper fällt in den Abgrund und schlägt hart auf Marie, die mich ein wenig vorwurfsvoll ansieht. Ich drücke mich in die Matratze, stecke den Kopf unter den Polster. Der Kopf verdreht sich, bilde ich mir ein, weiter und weiter nach oben, der Himmel ist hell, ich presse die Augen zusammen. Warum ist es immer so hell am Morgen danach, denke ich und schiebe den Polster zur Seite, schiebe die Decke zur Seite, hieve den Körper über die Bettkante. Ich stehe auf, gehe durchs Wohnzimmer ins Badezimmer und halte den Kopf über das Waschbecken, lasse kaltes Wasser über das Gesicht laufen, über Hände und Arme. Ich drehe das Wasser ab, blicke vorsichtig in den Spiegel, betrachte mich. Ich sehe aus wie immer, denke ich. Ich gehe durchs Wohnzimmer, öffne die Küchentür.
Guten Morgen, sagt Marie, es gibt Kaffee.
Was ist?, fragt sie.
Ich schüttle den Kopf, steuere auf die Kaffeemaschine zu, schenke mir Kaffee ein.
Du siehst auch ganz schön zerstört aus, sagt sie.
Ich nicke. Kaffeekochen kann sie, denke ich, ich brauche etwas frische Luft, sage ich und höre sie lachen, während ich aus der Küche laufe, in mein Schlafzimmer, zu meinem Kleiderschrank. Ich ziehe irgendetwas heraus, ziehe irgendetwas an, laufe aus der Wohnung, durch die Stadt, davon.

IM LEBEN, denke ich, ist kein Platz mehr für mich frei, jeder Platz schon besetzt, auf jedem Stuhl, an jedem Tisch die Menschen, sie starren mich an. Ich will umdrehen. Bitteschön, sagt der Kellner und packt mich am Arm, zieht mich durchs Lokal, schiebt mich in den Hinterraum, drückt mich in den Stuhl, das bilde ich mir ein, aber dort ist wirklich ein Platz frei. Ich halte die Luft an, lasse mich fallen. Die Tasche auf dem Schoß, ich sehe hinein. Drinnen mein blaues Lehrbuch der Psychologie, ich hole es heraus, lege es auf den Tisch, halte mich daran fest, ich höre mich sagen, ein Achterl Rot bitte, und schlage das Buch auf.

Anzeichen und Symptome.

Ich kichere und lese, da kommt der Rotwein, ich starre ihn an, die anderen starren mich an, ich nehme einen Schluck. Ich stabilisiere mich, sage ich mir, alles ist gut, alles kommt in Ordnung mit einem Pflaster.

Mit den Augen halte ich mich an den Zeilen fest und lese, dass *diese Symptome natürlich auch bei Gesunden auftauchen, in Ausnahmezuständen wie nach längerem Schlafentzug und bei außergewöhnlichen psychischen Belastungen sowie unter Drogenentzug.* Ich weiß nicht, wie spät es ist, spät genug, um Rotwein zu bestellen, ich weiß nicht, warum ich Rotwein bestellt habe, der Rotwein erinnert mich an Blut. Blut, mit dem Maries Körper bedeckt sein sollte, zumindest ihr Gesicht. Ich tunke

einen Finger in das Glas, streiche mir Rotwein über den Handrücken der anderen Hand, es funktioniert nicht, ich brauche Ketchup, denke ich, ich werde Ketchup bestellen, meine Hände in Ketchup tunken und dann Marie umarmen, ich werde meine Hände auf ihr Gesicht pressen, auf ihren Körper, ich werde uns beide mit Ketchup einreiben, von oben bis unten. Dann werde ich sie küssen, ich werde endlich anfangen sie zu küssen, ich werde das Ketchup von ihrem Gesicht schlecken und sie wird an meinen Fingern lutschen, weil sie Ketchup mag. Ich kichere. Die Dame am Nebentisch sieht auf, sieht aus wie Marie, sie sehen alle aus wie Marie. Ich stoße das Rotweinglas um, betrachte den roten Fleck auf der weißen Tischdecke.
Das war keine Absicht, sage ich zum Kellner. Er weiß, dass ich lüge. Ich weiß, dass er weiß, dass etwas nicht stimmt, ich weiche seinem Blick aus, er wird die Polizei rufen, denke ich. Ich packe mein Psychologiebuch, meine Tasche, stehe auf, gehe, langsam zuerst, dann schneller Richtung Ausgang, im Windfang fällt mir ein, dass nichts passiert, dass überhaupt nichts passiert ist und dass ich bezahlen muss.

Hey, sagt jemand und umarmt mich, mir wird warm.
Was machst du hier?, will Julu wissen.
Ich wollte gerade gehen, sage ich.
Hast du noch kurz Zeit?, fragt sie mich.
Ich nicke.
Julu nimmt mich am Arm und führt mich nach hinten

in den Raucherbereich. Sie bestellt zwei Melange und zündet sich eine Zigarette an.
Du siehst nicht gut aus, sagt sie.
Ich nehme mir eine von ihren Zigaretten und zünde sie an. Meine Hände zittern.
Hey, sagt Julu, was ist los mit dir? Peter hat mir erzählt, dass du gestern irgendwie komisch, dass du einfach von der Party verschwunden bist. Schön langsam mache ich mir Sorgen.
Wegen Peter?, frage ich.
Peter, Tom, ich, wir machen uns alle Sorgen, sagt Julu.
Wegen Peter, sage ich, tut es mir leid. Ich wollte das nicht, ich weiß nicht, was in mich gefahren ist, ich wollte nicht in irgendwas reinpfuschen.
Julu seufzt. Sie nimmt meine Hand und hält sie fest.
Hey, sagt sie, wir sind schon lange nicht mehr zusammen, wenn du Gefühle für ihn hast –
Ich hab keine Gefühle, sage ich, du hast Gefühle für ihn.
Julu sieht mich an, nickt langsam.
Was stimmt nicht mit mir?, sage ich.
Julu schüttelt den Kopf, tätschelt meine Hand.
Du stehst neben dir, sagt sie, du musst mir versprechen, dass du besser auf dich aufpasst.
Ich verspreche dir, dass ich aufpasse, dass ich nie wieder mit Peter, sage ich.

TOM STELLT DIE FLASCHE vor mir auf die Theke und sieht mich an. Was willst du?, fragt er. Ich weiß nicht genau, sage ich, vielleicht nur ein Soda Zitrone. Keinen weißen Spritzer diesmal?, fragt er und sieht mich so an, dass ich wieder unruhig, ich zünde mir eine Zigarette an. Tom stellt das Soda hin und sieht mich an. Was willst du?, frage ich. Ich weiß nicht, sagt er, du schuldest mir nichts.
Wie meinst du das?, frage ich.
Du schuldest mir keine Erklärung, sagt er, du kannst machen, was du willst, flirten, mit wem du willst, nach Hause gehen, mit wem du willst, jetzt, wo du deinen Ex los bist. Ich will etwas sagen, ich weiß nicht, was, ich will mich wehren, ich weiß nicht, wie, wogegen, ich weiß nicht, woher das alles kommt, ich weiß nicht, sage ich, weißt du, sagt er, ich bin ein Trottel.
Warum?, frage ich.
Weil ich für einen Moment geglaubt habe, sagt er, etwas vibriert, dieser Klingelton, die Mutter, sage ich, er hält die Luft an, ich hebe ab, deine Großmutter, sagt sie, es sieht nicht gut aus.

ICH SITZE VOR ihrem Bett und warte. Ob sie noch einmal aufwacht, ob ich ihr noch eine Frage stellen, noch eine Antwort von ihr bekommen kann. Der Vater hat mir was zur Beruhigung gegeben, ich habe es ausgetauscht gegen etwas, das mich wachhält. Ich warte, ich wache, ich will sie fragen, ob sie sich erinnert, ob sie noch weiß, wie ich damals als Kind, wie ich im Landhaus damals diese Angst hatte, ob sie sich erinnern kann an den Maler, ob sie mir sagen kann, wer eigentlich dieser Maler, was dieser Maler, ob der Maler mit mir allein, ob der Maler vielleicht. Ich sitze an ihrem Bett und warte, ich weiß nicht, wie viele Tage ich an ihrem Bett sitze und warte, ich weiß nicht mehr, wann ich wach bin, wann ich träume.

DIE GROSSMUTTER bringt mir bei, wie man den Tisch deckt. Das Messer kommt auf die rechte Seite des Tellers, sagt sie, die Gabel auf die linke, der Löffel kommt neben das Messer und der Dessertlöffel hier oben hin. Was gibt es als Nachspeise?, frage ich. Die Großmutter sagt, ich habe Pudding gemacht, ich liebe Pudding, sage ich und was gibt es als Hauptspeise? Es gibt ein Hühnerschnitzel, sagt die Großmutter und dass ich gerade sitzen soll und die Ellbogen nicht auf den Tisch abstützen, sie sagt, die Gabel in die linke, das Messer in die rechte Hand. Sie fragt mich, ob mir das Fleisch nicht schmeckt. Ich sage, doch, aber ich hebe mir das Beste bis zum Schluss auf, die Großmutter lächelt. Du bist ein liebes Mädchen, sagt sie. Sie sieht den Rauch nicht, der von der Küche ins Wohnzimmer dringt, sie bemerkt nicht, dass es angebrannt riecht, sie weiß nicht, dass die Wohnung ausbrennen wird, die ganze Wohnung, wenn ich nicht aufspringe und in die Küche laufe und die Pfanne vom Herd reiße, bevor die Flammen den Schrank erreichen. Die Großmutter reißt mir die Pfanne aus der Hand, hält sie unter das Wasser, es zischt.
Die Mutter holt mich ab, die Flammen waren so hoch, sage ich, fast hätte es gebrannt. Die Mutter schüttelt den Kopf. Das hast du dir nur eingebildet, sagt sie. Glaubst du mir nicht, sage ich, riechst du das nicht?

ES STINKT NOCH immer, stinkt nach Rauch, nach heißem Fett und Fleisch. Die ganze Wohnung, die Küche, das Wohnzimmer, das Schlafzimmer, das Bett, ich. Ich springe auf und laufe in die Küche, bleibe stehen. Durch das Fenster der Küchentür sehe ich Marie, sehe sie kaum zwischen den Rauchschwaden. Sie steht vor dem Herd, rührt in einem großen Topf. Sie greift zu einer Dose mit braunem Pulver und leert es hinein. Als sie mich sieht, grinst sie. Geheimzutat, sagt sie.

Mach das Fenster auf, schreie ich, die ganze Wohnung stinkt.

Mach doch selber das Fenster auf, sagt sie.

Ich gehe zum Fenster, öffne es. Der Fleischgeruch hüllt mich ein, umschließt mich, ich setze mich.

Du hast aber eine feine Nase, sagt sie.

Ich sehe auf die Küchenuhr. Es ist halb sechs. Ich wollte fertig sein, bevor du aufstehst, sagt sie. Ich wollte längst gelüftet haben. Ich wollte dich nicht wecken. Kichernd rührt sie im Topf.

Hast du geschlafen?, frage ich.

Wie meinst du das?, fragt sie.

Hast du getrunken?, frage ich.

Du bist lustig, sagt sie und lacht vor sich hin. Sie greift nach einer Dose Mais, reißt sie auf, leert den Mais in den Topf, greift nach einer zweiten Dose Mais, nach einer Dose Bohnen, einer zweiten Dose Bohnen, leert alles in

den Topf, die leeren Dosen lässt sie in die Spüle fallen, ich sehe ihr dabei zu, wie sie rührt und rührt, mir wird schlecht.
Marie greift nach einer Schüssel und hält sie mir unter die Nase.
Schau, sagt sie, Soja-Schnetzel, für dich. Es gibt auch eine vegetarische Variante. Sie nimmt einen zweiten Topf, nimmt das Messer, zerteilt die Zwiebel mit schnellen Bewegungen, sie hackt auf die Zwiebel ein, ich schließe die Augen, ich stelle mir vor, stelle mir nicht vor, dass Marie sich die Finger abhackt, die Arme, dass sie sich selbst zerkleinert, zerschnetzelt.
Das Öl zischt, die Zwiebeln zischen, die Soja-Schnetzel zischen. Ich stehe auf, greife nach der Kaffeekanne. Sie ist leer. Hinter der Kaffeekanne steht eine Flasche Averna, hinter der Kaffeemaschine liegt eine angeschnittene Zitrone, an mir vorbei fliegen die Dosen. Sorry, sagt Marie. Sie reißt Packungen mit Tomatensauce auf und leert sie in die beiden Töpfe, sie schwankt ein bisschen, hält sich am Kochlöffel fest, rührt. Dann spült sie die leeren Dosen und Packungen aus, wirft sie in einen großen Müllsack, wischt einmal über die Arbeitsfläche und zündet sich eine Zigarette an.
Ich habe für heute Abend ein paar Leute eingeladen, sagt sie.

ICH SEHE Dominiks Rücken, seine Schultern im Psychologieinstitut. Ich spüre die Bewegung von Dominiks Beinen, sie versetzen den ganzen Stock in Schwingung, denke ich. Ich folge Dominiks Haaren, die sich durch den Gang bewegen. Ich greife nach Dominiks Arm, halte ihn fest. Dominik, sage ich. Lange nicht mehr gesehen, sagt er, wie die Zeit vergeht, wir müssen endlich mal ein Bier trinken gehen, am besten gleich heute. Heute gibt es Chili und Bier bei mir zu Hause, sage ich, so ein Zufall. Ich esse kein Fleisch, sagt er. Ich weiß, sage ich. Chili sin carne, sage ich und lasse seinen Arm los.

Wann wollte er kommen?, fragt Marie. Sin carne, sagt sie und hält mir einen Teller Chili unter die Nase. Ich schüttle den Kopf. Wie lange willst du auf diesen Typen warten?, fragt Marie. Sie schiebt sich einen Löffel Chili in den Mund. Ich drehe mich um, gehe durch die Wohnung, drehe gleich durch zwischen Maries Gästen, die nicht Dominik sind, Dominik, der gesagt hat, dass er kommen wird, Dominik, der da sein muss, weil ich Marie gesagt habe, dass er da sein wird, weil Marie mich quer durch den Raum so ansieht, als wolle sie sagen, sie hat es mir ja gesagt, dass der nicht kommt, der kommt doch nie.

Ich weiß, dass er kommt, ich höre die Klingel. Ich gehe zur Tür, drücke auf den Knopf der Gegensprechanlage, denke, dass ich am Boden bleiben muss, dass ich nicht abheben darf, jetzt, wo er tatsächlich vor mir steht, wo er mich ansieht, anlächelt, mir ein Küsschen gibt auf die linke, auf die rechte, jetzt, wo er eintritt in meine Wohnung, die Schuhe auszieht, sich umsieht, mir folgt in die Küche, wo ich sage, was willst du trinken, willst du ein Chili ohne Fleisch? Ja, sehr gerne, sagt er, darf man hier rauchen, und wir zünden uns eine Zigarette an und rauchen in meiner Küche und reden über das Studium, über die Psychologie, über die Weltwirtschaftskrise, über Entwicklungszusammenarbeit, wir essen Chili sin carne und –

Sie redet ständig von dir, sagt Marie, du bist zu perfekt, um wahr zu sein. Entweder du bist nur Einbildung, oder du hast einen anderen Haken. Sie nimmt sich ein Bier aus dem Kühlschrank und lässt uns wieder allein.

Wie bitte?, fragt Dominik.

Meine Mitbewohnerin, sage ich, Marie redet Schwachsinn, ein bisschen bekifft.

Wie kommt sie darauf, dass ich perfekt bin?, fragt Dominik.

Niemand ist perfekt. Aber ich finde dich irgendwie schon ziemlich, sage ich, cool.

Cool?, fragt Dominik.

Ich kann mich gut mit dir unterhalten, sage ich. Du bist intelligent und du, ich räuspere mich, verschlucke meinen Satz, denke ihn nicht zu Ende, ich denke, er weiß, was ich meine.

Dominik lacht.

Das kann ich alles zurückgeben, sagt er. Ich finde dich auch gut.

Ja, sie ist super, sagt Marie. Das Problem ist nur, dass sie so verklemmt ist. Ich spüre den Atem im Nacken, rutsche zur Seite. Marie setzt sich neben mich auf die Bank, hält Dominik ihre Bierdose entgegen.

Prost, Mr. Perfect, sagt sie.

Die Frage ist, sagt sie, ich wünsche, sie würde schweigen, ob du auch im Bett was draufhast, ich schließe die Augen. Wenn nicht, sagt sie, dann kannst du das hier nämlich vergessen, ich presse die Lippen zusammen, verstehst du, sagt sie, ich gebe ihr unter dem Tisch einen Tritt. Sorry, wenn ich so ehrlich bin, sagt sie, aber alles andere hat keinen Sinn, ich helfe doch nur. Ihr Exfreund muss entweder der Beste oder der Schlechteste der Welt gewesen sein, ich kralle die Nägel ins Fleisch, ich tippe auf den Schlechtesten, sagt sie, einfach wird das nicht, am besten du bringst noch einen Freund mit.

Sorry, sagt Dominik, steht auf und geht aus der Küche. Ich will ihm nach, will Marie von der Bank schieben, will an ihr vorbei, der Körper ist schwer, ich bin zu schwach, lass mich raus, sage ich, lauf ihm nicht nach, sagt sie, wenn er das nicht aushält, dann kannst du ihn vergessen. Ich klettere über Marie, laufe ins Wohnzimmer, dränge mich durch die Partygäste, von denen keiner Dominik ist, Dominik, der gegangen sein muss, wegen dem, was sie gesagt hat, Dominik, der nicht da ist. Ich blicke quer durch den Raum zu Marie, die mit den Schultern zuckt, ich gehe zu Marie, die den Kopf

schief legt, ich starre auf Marie, die sagt, der Typ ist so lahm, der hat so was von null sexueller Energie. Das macht mich aggressiv, sorry, prost, sagt sie. Vergiss den Typen, es gibt so viele andere Leute, amüsier dich. Ich nicke. Ich gehe ins Schlafzimmer, setze mich aufs Bett. Ich heule nicht, nicht heulen, heul nicht, sage ich mir, handle. Ich stehe auf, gehe zur Kommode, blicke in die Schublade, blicke auf die Medikamente, ich brauche ein Beruhigungsmittel, besser ein Schlafmittel, ich nehme eine Handvoll Tabletten, zerreibe sie zwischen den Fingern, mit dem weißen Pulver in der Faust gehe ich in die Küche, nehme ein Schnapsglas, nehme die Flasche, ein zweites Schnapsglas, die Flasche, gehe ins Wohnzimmer, an den anderen vorbei zu Marie, halte ihr ein Glas unter die Nase. Willst du auch?, frage ich.
Schnaps hilft kurzfristig gegen alles, sagt sie und trinkt aus auf ex.
Dieser Dominik, sagt Marie und verdreht die Augen. Dann gähnt sie und lehnt sich zurück. Gehen wir jetzt noch tanzen?, fragt jemand. Marie sieht mich an, ich schüttle den Kopf. Marie schüttelt den Kopf. Leute, ich bin müde, geht nur, sagt sie.
Sie und ich auf der Couch, eine Flasche Schnaps, ein Schnapserl geht immer, sagt sie und lacht. Ich schenke ihr ein, halte ihn ihr vor die Lippen. Sie greift nach meiner Hand, umschließt sie, führt sie zum Mund, will trinken, der Schnaps läuft über, über unsere Hände, Marie schleckt den Zeigefinger, den Mittelfinger, den Ringfinger ab, schade um den guten Schnaps, sagt sie. Sie

lässt die Hand auf meinen Oberschenkel gleiten, dieser Dominik, sagt sie, der ist doch nicht echt. Sie schließt die Augen. Der ist reine Projektion, du stehst auf die Idee von ihm, nur auf die Idee in deinem Kopf. Sie streckt sich aus, seufzt, sagt nichts mehr.

Ich blicke auf den Körper, den Brustkorb, wie er sich hebt und senkt, ich starre auf die Brüste, wie sie sich heben und senken, die Rippen unter dem Shirt, die Bauchdecke, die Hüftknochen, ich greife nach den Hüftknochen, halte mich an den Rippen fest, ziehe mich über die Bauchdecke, über die Brüste, beuge mich über das Gesicht, nähere mich ihrem Mund, sehe, spüre, schmecke den Atem.

Marie, sage ich leise, Marie, sage ich ein wenig lauter. Sie antwortet nicht. Ich greife nach dem Polster, nehme den Polster und halte ihn vors Gesicht, lege ihn aufs Gesicht. Ich lege mich auf den Polster, lege mein ganzes Gewicht, drücke mich gegen den Polster, gegen sie, gegen den Körper, er wehrt sich nicht.

Ich erhebe mich, hebe den Polster, betrachte ihr Gesicht, die Wimpern über den geschlossenen Augen, die Nasenflügel, die leicht geöffneten Lippen. Ich strecke meine Hand aus, halte den Finger unter die Nase, vor die Lippen und spüre nichts, keinen Luftzug. Ich lege meine Hände auf ihren Brustkorb und spüre nichts, keine Bewegung. Ich starre auf ihren Bauch, halte die Luft an, mein Herz rast, mein Kopf explodiert, in mir schreit es, ich habe es geschafft, ich habe es endlich geschafft.

DER TON IM KOPF, als wäre er schon immer da, ein dumpfes Dröhnen, etwas hämmert auf mich ein, hackt, zerhackt mich, haut mich in Stücke, etwas schlägt gegen mich, schlägt aufeinander, es klirrt, etwas schreit nach mir, mach auf, wach auf, ich wache auf, ich denke, ich liege auf der Couch, jemand schreit, mach auf, jemand hämmert gegen die Tür. Wach auf, sage ich mir, steh auf, mach auf, ich komme, will ich sagen, ich komme, rufe ich.

Vor meiner Tür steht Tom, er redet von der Mutter, von der Großmutter, dass die Großmutter gestorben, dass die Mutter fast gestorben vor Angst, dass sie mich nicht erreicht, niemand mich erreicht, der Vater irgendwo, dass die Mutter ihn gefragt, dass die Mutter schon die Polizei, die Rettung, die Feuerwehr, alles in Ordnung, sage ich, dass ich zwei Tage nicht ans Telefon, die Tür nicht aufgemacht, dass er so froh ist, dass ich die Tür aufgemacht habe, sagt er und dass es komisch riecht.

DER VATER DREHT sich zu mir um, streckt mir die Hand entgegen. Auf seiner Handfläche eine Erdbeere, rot und saftig, ich beuge mich nach vorn, schließe die Augen, öffne den Mund, taste mit den Lippen danach, sauge sie ein, lehne mich zurück. Den Kopf nach hinten, den Speichel zusammenrinnen lassen, schlucken, die Mutter seufzt, steigt auf die Bremse, dreht das Lenkrad, parkt das Auto zwischen zwei anderen Autos ein. Das Schlagen der Autotüren im Kopf, kommst du bitte, sagt die Mutter, der Vater öffnet die Tür, ich steige aus.

Das Schlagen der Türen in meinem Kopf, ich zucke zusammen, der Vater legt mir die Hand in den Nacken, schiebt mich hinter der Mutter her, schiebt mich zur Kirche, in die Kirche hinein, durch den Mittelgang zum Pfarrer, die Mutter schüttelt dem Pfarrer die Hand, der Pfarrer schüttelt mir die Hand, die Hand schüttelt den Pfarrer, der Pfarrer zieht die Mundwinkel nach oben, der Pfarrer zeigt mir die Zähne, wie ein Pferd, denke ich. Ich will mich aus dem Griff des Vaters winden, der Griff des Vaters ist fest, ich muss mich hinsetzen, sage ich. Der Vater setzt mich in die erste Reihe, die Mutter spricht mit dem Pfarrer, die Zähne des Pfarrers grinsen mich an, ich sehe weg, zu Maria. Wie sie da steht auf ihrem Sockel, mit dem Baby auf dem Arm, mit ihrer Krone auf dem Kopf, mit den wallenden Gewändern, den langen Haaren und diesem Gesichtsausdruck, so selig, der Vater

neben mir blättert die Seiten der Bibel um, die Mutter noch immer beim Pfarrer, sie nicken den Menschen zu, die hereinkommen von hinten, hereindrängen, zusammenrücken, nur die erste Reihe bleibt frei für uns, der Platz neben mir ist frei, ich sehe zu Maria, sie nickt mir zu.
Der Pfarrer lispelt. Zwischen den Zähnen presst er Wörter hervor. Über die Großmutter, ihren Bezug zur Gemeinde, ihre Liebe zu diesem Ort, ihren letzten Wunsch, hier begraben zu werden, neben dem Großvater, neben mir der Vater, er atmet, neben ihm die Mutter wie eine Statue, neben ihr der Bruder, der Onkel, ich sehe weg.
Die Maria setzt das Baby auf den Boden, es krabbelt auf mich zu, ändert die Richtung, krabbelt an uns vorbei. Die Maria zuckt mit den Schultern und lächelt mich an. Der Pfarrer bittet den Onkel um die Rede, Abschiedsworte, der Onkel erhebt sich, steigt über das Baby. Die Maria beugt sich nach vorn, streicht sich die Haare aus dem Gesicht, lugt Richtung Onkel, ihr Kleid verrutscht, sie zwinkert mir zu, das bilde ich mir ein.

Auf Augenhöhe der Sarg, ich folge dem Sarg, folge dem Sarg in die Grube, das bilde ich mir ein, denke ich mir, das bilde ich mir alles nur ein, die Schaufel, die man mir hinhält, eine Schaufel wie aus Großmutters Garten, der Kübel mit Erde, der Regenwurm, die Würmer in meinem Kopf, ich denke an die Großmutter, wie sie mich als Kind mit dem Biomüll zum Komposthaufen geschickt, denke an den langen Weg nach hinten, an das hohe

Gras, die Nacktschnecken, den Gestank, denke an den Inhalt des Kübels, den ich auf den Komposthaufen geleert, denke an die Oma in ihrem Sarg, denke, wie lange es dauern wird, nehme die Schaufel, die man mir hinhält, fahre mit der Schaufel in den Kübel, erwische den Regenwurm, reiße ihn auseinander, werfe einen Teil auf den Sarg.

Neben mir das Loch, neben mir die Mutter, neben mir der Vater, neben uns der Onkel, der Pfarrer, vor mir die Hände, die schwarzen Schuhe, schwarze Hosen, schwarze Sakkos, schwarze Hüte, schwarze Augen. Ich erkenne sie trotzdem, die Ärzte, erkenne jeden einzelnen wieder. Mein Beileid, sagen sie. Danke, sagt die Mutter, sagt der Vater, sagt der Onkel, sage ich. Die Nachbarin erkenne ich fast nicht, ohne Kopftuch, ohne Gummistiefel, vielen Dank, Frau Huber, sagt die Mutter. Ihren Sohn erkenne ich nicht, vielen Dank, sagt die Mutter, und liebe Grüße an die Schwester. Ich sehe in die Augen von Alexanders Eltern, danke, dass ihr extra gekommen seid, sagt die Mutter, sagt der Vater, sage ich, danke, ich sehe auf den Boden, sehe gelbe Schuhe, sehe auf, eine junge Frau mit blonden Haaren, einem Baby auf dem Arm, danke, sage ich, ich sehe auf den Boden, schwarze Schuhe, schwarze Hosen, schwarzes Sakko, er nimmt den schwarzen Hut ab, die schwarzen Augen sehen nur die Mutter an. Er nimmt die Mutter in den Arm, danke, sagt sie, vielen Dank, die Mutter wird doch nicht weinen, denke ich und sehe den Vater an. Der

Vater beginnt zu bröckeln, er löst sich auf, wird immer dünner und dünner, ein Rinnsal, er rinnt in die Grube, seine Asche bedeckt den Sarg.

Ich schiebe Fisolen in den Mund, kaue darauf herum, beobachte den Maler. Reitest du eigentlich noch?, fragt der Cousin. Ich schiebe ein Stück Braten in den Mund, schiebe es im Mund herum, lutsche an einer Flachse, spucke sie zurück auf den Teller. Ich denke an die Bilder im Haus der Großmutter, ich hoffe, ich habe alle Bilder geerbt. Weißt du eigentlich, sagt der Onkel, sein Atem riecht nach Schnaps, dass du nur ein Bergunfall bist?

DIE MUTTER VORN, auf dem Beifahrersitz, sie redet über den Termin beim Notar, über die Aufteilung des Erbes, über das Haus, über die anderen Wohnungen, über alles, was schon seit Jahren geregelt ist, es hilft ihr, über die Dinge zu reden, die sie regeln kann, doch sie redet eine Spur zu schnell, der Tonfall ihrer Stimme ist eine Spur zu hoch, zu schrill, willst du nicht etwas zur Beruhigung, sagt der Vater. Sie hält inne, dreht sich zu mir. Brauchst du auch etwas?, fragt sie mich. Der Vater greift in sein Sakko, reicht der Mutter das Fläschchen, ich schüttle den Kopf, drehe mich weg, stöpsle die Ohren zu, sehe aus dem Fenster, sehe die Häuser an mir vorbeiziehen, alle diese Häuser, ich habe sie so oft gesehen, ich habe mich so oft gefragt, ob sie innen hohl sind oder eingerichtet mit einem Vater, einer Mutter, einem Kind und einem Geschwisterkind. Ob es Katzen darin gibt oder Hunde, vielleicht sogar Schafe und Ziegen in der Nähe. Ob es ein Leben darin gibt. Ich hab mir ein Leben vorgestellt, ein richtiges Leben, während die Mutter geredet, die Großmutter gearbeitet und der Vater gelesen hat in den Fachzeitschriften.
Einmal hat er aufgeblickt, mich angesehen und gefragt: Woran denkst du die ganze Zeit? Ich sehe die Mutter vor mir, die Großmutter, sie sieht mich an, schüttelt ganz leicht den Kopf. Ich möchte wissen, was in deinem Kopf vorgeht, sagt der Vater. Die Mutter lacht.

Die Großmutter schweigt. Der Kopf wird heiß, der Vater grinst, die Großmutter räuspert sich, die Mutter beißt sich auf die Lippe. Die Augen des Vaters sind riesig, der Mund der Mutter öffnet sich zu einem Lachen, die Großmutter steht auf, kommt auf mich zu, ich will weglaufen, die Mutter kommt auf mich zu, der Vater, sie werfen sich auf mich, legen sich auf mich, begraben mich unter sich.

Ich stehe vor einem Haus, ich drehe mich um, ich bin allein. Kein Vater, keine Mutter, keine Großmutter, kein Hund, keine Katze, kein Schaf, keine Ziege, keine Kuh weit und breit. Nur ein Vogel sitzt auf einem Baumstumpf, beobachtet mich und ich beobachte ihn, wie er abhebt, losfliegt, nach oben zum Dachstuhl, wie er zwischen den Holzbalken verschwindet, im Haus. Die Fenster des Hauses sind schwarz, ich kann nicht hineinsehen, man kann hinaussehen, wenn man drinnen ist, denke ich und will wissen, wie es drinnen aussieht, will wissen, wie es von drinnen aussieht, ob das Haus innen hohl oder belebt ist, will hineingehen, ich muss die Haustür finden, denke ich und gehe der Hauswand entlang, nähere mich dem Ende. Ein Insekt prallt gegen mein Gesicht, ich zucke zusammen und wische es weg. Ich sehe ums Eck, sehe wieder eine weiße Wand, die gleichen schwarzen Fenster und dann eine Bewegung, ein Mädchen, sie kommt auf mich zu.
Was machst du auf meinem Hof?, fragt sie.
Sie ist gleich alt wie ich, vielleicht eine Spur jünger, die

Haare kleben an ihrem Gesicht, die Augen funkeln mich an.
Willst du mit mir spielen?, fragt sie.
Was spielen wir?, frage ich.
Komm rein, sagt sie und öffnet die Haustür.
Marie?, sagt eine Stimme. Sie hält den Finger vor den Mund und nimmt mich an der Hand.

Wir sind da, sagt die Mutter, wach auf. Ich will nicht aufwachen, kann nicht aufwachen, ich kann nicht mehr, Mama, will ich sagen, ich. Die Mutter schlägt mir gekonnt ins Gesicht. Der Vater räuspert sich, er empfiehlt mir bestimmte Tabletten, ich soll am besten heute noch damit anfangen, zur Sicherheit und um gut weiterzuschlafen. Wir kommen mit rauf, sagt die Mutter und hält mich mit festem Griff. Ich schüttle den Kopf, es geht schon, sage ich, ich habe nur so tief geschlafen, ich habe geträumt, die Mutter runzelt die Stirn, der Vater räuspert sich, wiederholt den Namen des Medikaments, er kann mitkommen und nachschauen, ob ich alles habe, was ich brauche, ich habe alles, ich brauche nichts, sage ich und winde mich aus dem Griff der Mutter, winde mich aus dem Blick des Vaters, winde mich das Treppenhaus hinauf, quetsche mich durch den Spalt in der Tür, drehe das Licht an.
Marie?, sage ich, doch Marie ist nicht zu Hause, ich greife nach meinem Telefon, rufe sie an, sie hebt nicht ab, ich suche nach einer Nachricht, doch sie hat mir keine Nachricht hinterlassen. Ich setze mich auf die

Couch und starre auf die Tür ihres Zimmers, ich starre auf die Tür meines Zimmers, das das Zimmer der Großmutter war und noch immer nach ihr riecht. Ich bleibe sitzen, bleibe lange sitze, sitze lange vor den Türen, sehe von einer zur anderen, betrachte die Risse im Holz, starre von einer Türklinke zur anderen, ich will weinen, doch ich habe keine Tränen.

ALS ICH ERWACHE, liegt die Großmutter neben mir. Ich höre ihren Atem, ich rieche sie, gleich wird die Mutter kommen und mich wegzerren, sie meint, das ist nichts für mich, dieser alte Geruch, dieser Todesgeruch, dieser allzu menschliche, eine Spur zu intensive Geruch, den die Großmutter verströmt, in den ich eintauche, in dem ich mich vergrabe, der mich umgibt, der mich daran hindert aufzustehen, der mich niederdrückt, diese Schwere, die mich daran hindert, mich zu bewegen, zu leben, zu atmen, ich atme nicht, wie ein totes Stück Fleisch zwischen tausend anderen Stücken.
Du bist warm, sagt Marie. Sie beugt sich über mich und legt mir die Hand auf die Stirn. Sie riecht nach Waschmittel, nach Winterluft, nach Duftkerzen, Tannenzapfen.
Aber Fieber hast du keines. Musst du nicht zur Uni?, fragt sie mich.
Marie, rufe ich.
Zur Ablenkung, sagt Marie, ich meine ja nur zur Ablenkung, und ich denke, dass sie recht hat, dass ich aufstehen und zur Uni gehen muss, zur letzten Vorlesung des Jahres, dass ich den jungen Professor noch mal sehen könnte und Dominik, ich denke an Dominik, Marie greift nach meinem Handgelenk und hält mich fest, schüttelt mich, bis ich wach bin. Denk an unsere Silvesterparty, sagt sie.

Ich stemme mich gegen die Tür, schleppe mich hinauf in den dritten Stock, ich bin die Einzige, ich komme niemals gemeinsam mit den anderen, ich komme immer allein, die anderen sind schon da, ich muss mich überwinden, den Seminarraum zu betreten, der Professor sieht durch mich hindurch. *Die meiste Unlust, die wir verspüren, ist ja Wahrnehmungsunlust*, sagt er, der Kopf in der zweiten Reihe dreht sich nach mir um, dreht mir Dominiks Gesicht zu, sieht mich mit Dominiks Augen an, ich greife nach der Lehne eines Stuhls, halte mich daran fest, Dominik blinzelt, sieht weg, als würde er mich nicht erkennen, ich lasse mich auf den Stuhl fallen. Der Professor sieht mich an, *Inkohärenz des Denkens, Handelns und der Affektivität, Ablösung von der Realität mit Rückzug auf sich selbst und Vorherrschaft eines Innenlebens, das den Fantasieproduktionen preisgegeben ist,* macht eine Pause, alle sehen mich an, das bilde ich mir ein, das bilde ich mir doch alles nur ein, sage ich mir und schlüpfe aus meiner Jacke, mein Körper ist nass, ich rieche das Fieber, bevor ich es spüre.

Gegen den Ausdruck Schizophrenie hat Freud Bedenken geäußert, wissen Sie, warum, fragt der Professor und sieht mich an, das bilde ich mir nicht ein. Dominik hebt die Hand, er sagt, er schlug den Begriff Paraphrenie vor, der seiner Ansicht nach leichter mit Paranoia gekoppelt werden könne. Der Professor nickt, Sie haben recht, sagt er. Ich starre auf meinen Notizblock.

MARIE & ich
Dominik
Tom
Peter & Clemens
Julu
Chris, Chrissi, Grissini, Chili …
Bier, Wein, Sekt
(Raketen)

ICH STREICHE Dominik durch, streiche ihn von der Liste, streiche ihn aus meinem Leben. Ich mache einen Haken vor Toms Namen, setze Clemens in Klammer, umkreise Peter und Julu. Ich umkreise Marie, umkreise Marie und mich mit dem Stift, ich male ein Herz mit einem Pfeil, ich male Muster um uns herum, in uns hinein, durch uns hindurch, bis man unsere Namen nicht mehr erkennen kann.

In diesem Sinne vergleicht Bleuler die schizophrene Spaltung mit dem, was Freud dem Unbewussten eigen beschrieben hat, das Nebeneinander von unabhängigen Vorstellungsgruppen. Und damit belassen wir es für dieses Jahr, sagt der Professor, erholen Sie sich gut, sagt er und nickt mir zu, das bilde ich mir ein, was du dir immer alles einbildest, sagt die Mutter, sei nicht so eingebildet, sagt der Vater, Entschuldigung, sagt Dominik.

Tut mir leid, sage ich.

Nichts passiert, sagt er und ich trete einen Schritt zur Seite, drehe mich um, sehe ihm nach, wie er zwischen den anderen verschwindet.

Brauchen Sie noch etwas?, hallt die Stimme des Professors durch den Raum, dringt in Wellen zu mir, bringt mich zum Schwanken.

Geht es Ihnen gut?, fragt er mich.

Ich bin krank, sage ich.

Dann schauen Sie, dass Sie ins Bett kommen, sagt er, ich

nicke, er räuspert sich, ich warte, ich muss absperren, sagt er, ich verstehe, sage ich.
Der Gang des Instituts ist leer, nur an den Wänden klebt noch ein Hauch von den Stimmen der anderen Studenten, eine Spur von Leben, der Professor räuspert sich wieder, ich lächle, ich will nicht, dass er sich um mich sorgt, ich sage, danke, als er mir die Tür aufhält, ich gehe brav neben ihm her, ich bin ein braves Mädchen, ich folge ihm bis zur Tür seines Büros, er streckt mir seine Hand entgegen, später wird er sich meinen Schweiß wegwischen müssen.
Das wird schon wieder, sagt er.

Draußen der Geruch von heißem Zucker, Früchten, Alkohol, Bratwürsten, Langos und Knoblauch, frisch gerodeten Tannenbäumen. Sie strecken mir ihre Arme entgegen, nimm mich mit, sagen sie, schnür mich ein, steck mich rein, stell mich auf, schmück mich, zünde mich an und wirf mich vom Balkon, ich schließe die Augen, stoße gegen etwas, gegen jemanden, gegen nichts, ich schwitze, friere, fliehe.
Im Treppenhaus riecht es nach Sandelholz, der Geruch kommt aus unserer Wohnung.
Marie?, sage ich. Ich bekomme keine Antwort, doch ich spüre, dass sie da ist, ich will die Tür zum Badezimmer öffnen, sie ist verschlossen. Ich setze mich auf die Couch, schließe die Augen, warte, rieche ihr Haarshampoo, höre den Föhn.
Hey, sagt sie zärtlich, du musst ins Bett, du musst dich

ausruhen, ich hab dir eine Hühnersuppe gekocht, versprich mir, dass du sie isst, das hilft. Das Huhn ist schon tot.
Sie trägt mich ins Schlafzimmer, legt mich aufs Bett, deckt mich zu. Sie trägt eine pinke Skijacke, eine weiße Mütze, sie sieht aus wie Barbie, denke ich, ich muss lachen. Sie legt mir die Hand auf die Stirn, jetzt hast du Fieber, sagt sie. Ich kann leider nicht bleiben, über Weihnachten kann ich nicht bleiben, aber zu Silvester komme ich wieder, zu unserer Party, werde gesund, sagt sie und gibt mir einen Kuss auf die Stirn. Das Geräusch der zufallenden Tür hallt in meinem Kopf, steigert sich zu einem Dröhnen, unterbrochen von Blitzen, sie schießen durch mich hindurch. Der Körper, so heiß, so kalt. Der Atem, so heiß, so laut. Der Kopf, so schwer, so dumpf. Das Klingeln des Telefons, die Mutter. Die Mutter, die sich über mich beugt und den Kopf schüttelt. Der Vater, der mir eine Tablette und ein Glas Wasser vor den Mund hält. Meine Haare feucht am Kopf, der Geruch von Schweiß, Erde, Verwesung, Vanillekipferln und einem Tannenzweig. Die Großmutter, die mir ein Päckchen hinhält und Stille Nacht summt. Mum, die mir über die Wange streicht, das bilde ich mir ein, sie streicht mir die Tränen aus dem Gesicht, den Schweiß, den Rotz, den Schleim, die Angst, das Grauen, das Sperma und den Speichel der fremden Männer. Mund auf, sagt der Vater. Trink das, sagt die Mutter. Geh jetzt duschen, ich wechsle die Bettwäsche, befiehlt sie mir, ich gehorche, ich dusche, ich esse, trinke, schlafe, vergesse.

ALS ICH WIEDER zu Bewusstsein komme, steht Marie vor dem Kleiderschrank. Sie fährt mit der Hand über die Kleider, sie hängen dicht gedrängt auf Bügeln. Du hast so viele schöne Kleider, sagt Marie. Sie zieht ein Kleid nach dem anderen aus dem Schrank und hält es vor ihren Körper. An der Innenseite der Schranktür hängt ein Spiegel, sie betrachtet sich, ich beobachte sie, sie beachtet mich nicht. Das ist es, sagt sie und schlüpft in ein rotes Samtkleid mit hohem Kragen und freien Schultern. Ich betrachte die Wölbung des Hinterns, die Biegung der Hüfte, die Rundungen der Brüste. Ich steige aus dem Bett, stelle mich hinter sie, greife nach meiner Bürste. Vorsichtig ziehe ich einzelne Haare hoch, die sich unter dem Kleid verfangen haben, fahre mit meiner Hand in die Haare, schüttle sie auf und beginne zu bürsten.

Au, sagt sie leise.

Wir müssen uns beeilen, sagt sie und dreht sich um, wir müssen noch einkaufen, das Essen vorbereiten, ein bisschen aufräumen und uns schminken. Ich nicke. Ich begleite sie ins Geschäft, wir heben einige Paletten Bier auf die Ablage des Einkaufswagens.

Eine Palette Bier, sagt Marie, ist doch der perfekte Adventskalender.

Wir stellen einige Flaschen Rotwein und Weißwein in unseren Einkaufswagen, eine Flasche Averna.

Zitronen, sagt Marie, und Wodka, Sekt habe ich schon vor Wochen gekauft.
Wir werfen Nüsse, Knabberzeug und Kekse in den Wagen. Gemüse. Käse. Frisches Fleisch. Die Leute im Supermarkt starren Marie für eine Sekunde zu lange an, obwohl sie das Kleid unter ihrem Mantel gar nicht sehen können, aber vielleicht bilde ich mir das nur ein, vielleicht bin ich es, die sie immer zu lange ansehen, die sie zu lange ansieht, ich starre auf ihre Spiegelung in der Glastür des Tiefkühlschranks.

MARIE LÄUFT IN der Wohnung herum, schlichtet Bier in den Kühlschrank, kühlt die Sektflaschen ein, schneidet Gemüse und stellt es in kleinen Schüsseln auf den Tisch. Ich liege auf der Couch und starre aufs Telefon.
Kannst du Musik machen, ruft sie aus der Küche und ich stecke das Telefon an die Boxen, *after this there will be no one*, singt Cat Power, *after this there will be no more beautiful dresses*, singt Marie, *I forgive you for the rest, even the whole time I was tested,* singe ich, *nobody does it better, baby, you're the best.*
Du bist wirklich die schlechteste Sängerin aller Zeiten, lacht Marie, *it seems I have nothing to give*, schreie ich, *it seems you have nothing to give.* Schon besser, sagt sie, jetzt leg aber mal was Rockiges auf, wir müssen hier mal in Partystimmung kommen!
Mein Telefon leuchtet, ein Warnsignal, es ist die Mutter. Wie es mir geht, will sie wissen.
Es geht mir gut, sage ich, ich bin wieder fit, die Medikamente haben gewirkt. Ich habe ein paar Freunde eingeladen, erkläre ich ihr und sie will alles genau wissen, wie viele Freunde, welche Freunde, was es zu essen gibt und ob wir wohl nicht auf die Idee kommen, aufs Dach zu steigen, oder noch schlimmer, Feuerwerkskörper vom Dach runterzuschießen, das Dach ist tabu, wirklich tabu, sagt die Mutter.
Ich habe nur diese eine Bitte an dich, sagt sie und es

klingt so, als würde sie es so meinen, ich habe nur diese eine Bitte, mach keine Dummheiten, mit deinen Schulfreunden und irgendwelchen anderen Leuten, die ich nicht kenne, aufs Dach steigen und dort betrunken herumwandeln, sie sagt wirklich herumwandeln.
Du machst dir unnötig Sorgen um mich, sage ich, ich steige nicht aufs Dach und ich bin ja nicht allein, meine Freunde kommen, sage ich, meine Freunde, Mum, sage ich, ich sage wirklich Mum. Mum sagt, richte deinen Freunden liebe Grüße aus und trinkt nicht zu viel, also natürlich genug, aber nicht so viel, dass dann einer vom Dach fällt. Einen guten Rutsch, aber bitte nicht vom Dach, sie lacht, ein wenig verzweifelt, finde ich. Marie verdreht die Augen, sie hört alles über die Musikanlage, sie gibt mir Zeichen, die ich nicht verstehe.
Ich wünsche dir einen guten Rutsch, sage ich. Dir und Papa, sage ich, ich sage wirklich Papa. Marie hält die Luft an, die Mutter hält die Luft an, ich zähle die Sekunden, die sie die Luft anhält.
Mum?, sage ich.
In Ordnung, sagt sie. Wir machen uns keine Sorgen. Wir hören uns morgen.
In Ordnung, sage ich.
In Ordnung, sagt Marie, sie greift nach meinem Telefon, scrollt durch die Playlist, *Last Stop This Town*, sagt sie. *You're dead, but the world keeps spinning. Take a spin through the world you left. It's getting dark a little too early*, sie deutet zum Fenster, sie hat recht, es wird früh dunkel im Winter, je früher es dunkel wird, desto früher

kann man zu trinken beginnen, Marie nickt, sie greift nach meiner Hand, zieht mich hoch, umschlingt meine Taille, bewegt sich vor mir, mit mir, in mir, *what?*, die Verzerrung setzt ein, der Bass fährt durch meinen Körper, fährt mir ins Blut, denke ich, *the neighbors scream what ya talkin' bout, 'cause they don't know how to let you in and I can't let you out*, singt Marie und dreht mich einmal um die eigene Achse. Die Haare streifen über mein Gesicht, kitzeln mich am Hals. Wie schön sie ist, denke ich, wie schön ich die Haare gebürstet habe, und sie singt, *what if I was not your only friend in this world, can you take me where you're going, if you're never coming back*. Sie sieht mich erwartungsvoll an, tritt einen Schritt zurück.

I'm gonna fly on down for the last stop to this town, sage ich. *I'm gonna fly on down, then fly away on my way*, sagt sie. *Yeah,* sagen wir beide und dann setzt der Beat ein, unser Beat, denke ich. Marie und ich, wie wir durchs Wohnzimmer tanzen und uns um uns selbst drehen, das ist es, denke ich, das ist die Vorfreude. Auf die Party. Das Essen und Trinken. Die Freunde. Auf das Ende.

WIR SITZEN um das Raclette. Marie sitzt auf Clemens' Schoß, ich sehe nur seine Arme, die hinter Marie auftauchen und Fleisch, Gemüse und Käse auf eine Schaufel legen und die Schaufel auf die Platte. Marie nimmt die Schaufeln herunter, leert das Fleisch und das Gemüse mit dem geschmolzenen Käse auf ihren Teller. Clemens' Hände greifen danach und schieben es Marie in den Mund. Tom sitzt daneben, belegt seine Schaufel, nimmt einen Schluck Bier.
Dafür, dass er eine Bar betreibt, trinkt er echt nicht viel, denke ich und dass er wirklich okay ist, denke ich auch.
Was ist?, fragt er. Ich schüttle den Kopf und sehe weg, ich sehe, wie Peter seine Hand auf Julus Oberschenkel legt, sehe, wie Julu ihre Hand auf Peters Hand legt.
Seit wann seid ihr beide eigentlich wieder zusammen?, fragt Marie.
Ich freu mich für euch, wirklich, sage ich schnell.
Wie lange schlaft ihr schon miteinander, sagt Marie, seit ihr sechzehn seid, das heißt doch was. Und wie ihr immer so gemeinsam abhängt. Richtig süß. So tut, als wärt ihr nur Freunde. Das glaubt doch kein Mensch.
Julu sieht mich an, fragend.
Ich wünsch euch echt alles Gute, sage ich.

Tom steht in der Küche, er unterhält sich mit Chrissi, ich stelle mich neben sie.

Draußen gibts Schnaps, sage ich.
Ich trinke keinen Schnaps, sagt sie, aber ich freue mich schon auf den Sekt und auf den Ausblick am Dach, ich nicke.
Hast du schon aufgegessen?, frage ich sie, warst du ein braves Mädchen, hast du so brav aufgegessen wie ich?
Chrissi lacht, sieht von mir zu Tom, Tom legt mir den Arm um die Schultern und zieht mich zu sich.
Wie viel Schnaps hast du schon getrunken?, fragt er. Wie die Mutter, denke ich und will mich aus seinem Griff befreien. Sein Arm rutscht auf meine Taille, er zieht mich noch näher zu sich, legt seine Hand auf meine Hand. Ich starre auf unsere Hände, ich kollabiere jetzt nicht, denke ich, nicht jetzt.
Trink mal ein Wasser, sagt Tom und lässt mich los.
Tolles Kleid übrigens, sagt Chrissi zu mir und geht weg, lässt uns allein. Tom hält mir ein Glas Wasser hin, ich trinke, sehe ihn an.
Das mit Peter, sage ich, das war nichts, das ist einfach so passiert.
Und das mit uns, sagt Tom, war da was, ist da was passiert für dich?
Mit uns, wiederhole ich, für mich, und halte mich an der Spüle fest. Tom legt den Kopf schief und sieht mich an, er wartet, dass ich etwas zu ihm sage, wie lange steht er schon hier und wartet, dass ich etwas sage, was erwartet er, dass ich sage, warum sieht er mich so an, so komisch, so besorgt, warum ruft er plötzlich nach Marie, warum muss ich immer kollabieren, wenn es spannend

wird, warum kann ich mich nicht zusammenreißen, reiß dich einmal zusammen, sagt Marie, bleib wach. Sie nimmt mich unter der einen Schulter, Tom nimmt mich unter der anderen, sie führen mich ins Bad. Das Blut rinnt über mein Gesicht, tropft auf das Kleid. Beug dich nach vorn, sagt Tom. Das Blut tropft ins Waschbecken, ich schließe die Augen. Ganz ruhig, sagt Marie. Sie hält mich. Jemand legt mir einen kalten Umschlag in den Nacken. Jemand presst mit den Fingern die Nasenflügel zusammen. Es war ein bisschen viel, sagt Marie zu Tom. Das Begräbnis, die Krankheit, der Schnaps, die Sache mit Peter. Eigentlich mit Julu. Peter ist Nebensache, sagt Marie, kümmerst du dich um sie?
Ich spüre, wie Tom nickt, wie er mich hält, den kalten Umschlag gegen meinen Nacken drückt, meine Nase loslässt und das Blut das Waschbecken hinunterspült. Ich öffne die Augen und wasche mein Gesicht. Auf meinem Kleid ist nichts zu sehen. Tom streicht meine Haare zur Seite.
Du hast es nicht leicht, sagt er.
Lass das, sage ich.
Tom hält mich einen Moment lang, dann lässt er mich los.
Ich kenn mich nicht aus, sagt er.
Jemand dreht die Musik lauter, ich höre Maries Stimme, die Thom Yorke überschreit: *Off with his head, man, off with his head, man, why don't you remember my name? I guess he does.*
Lass mich, sage ich.

Tom schüttelt den Kopf, er geht, ich stehe allein im Badezimmer, allein vor dem Spiegel, draußen singen sie, *rain down, rain down, come on rain down on me*, draußen machen sie sich bereit für das Ende. Ich wasche noch einmal mein Gesicht, kneife mir in die Wange, lasse kaltes Wasser über meine Handgelenke laufen und zupfe mein Kleid zurecht. Ich gehe hinaus, gehe zu Julu.

Geht's dir gut?, fragt sie und umarmt mich.

I'll laugh until my head comes off, I'll swallow till I burst, until I burst until I, singt Marie und hüpft um uns herum. Ihr Körper kracht gegen die Wand des Wohnzimmers, landet wieder in der Mitte, schlägt gegen die andere Wand, *we're not scaremongering, this is really happening, happening*, schlägt gegen die anderen Körper, die anderen lachen und johlen, es ist gleich Mitternacht, rufen sie. Ich nehme Julu am Arm, ziehe sie zur Wohnungstür, drücke ihr den Schlüssel in die Hand.

Das ist der Schlüssel zum Dach, sage ich. Ich öffne die Wohnungstür, die kleine Tür da hinten, geht schon mal vor.

Ich gehe ins Schlafzimmer, setze mich aufs Bett. Von draußen höre ich die Stimmen der Gäste, sie reden und lachen, höre erste Feuerwerkskörper knallen, die Wohnungstür, wie sie sich öffnet und schließt. Ich bleibe sitzen.

Bald ist es so weit, sagt Marie. Sie lehnt sich gegen den Türrahmen und sieht mich an. Ich will, dass sie zu mir

kommt, sich neben mich setzt und bei mir bleibt. Ich will ihren Körper neben meinem spüren, so nahe, dass ich es gerade noch ertragen kann, ihren Atem hören, ihre Stimme an meinem Ohr.
So viele Männer, so wenig Zeit, flüstert Marie. Ihre Haare kitzeln mich, ich muss lachen.
Alles klar?, fragt Tom. Er steht im Türrahmen, mit einer Flasche Sekt, mit einem Körper, einem Gesicht, einem Blick voller Fragen.
Marie, ruft jemand von draußen.
Noch drei Minuten, sagt sie.
Ich gehe nicht aufs Dach, sage ich.
Ich bleibe bei dir, sagt er, schließt die Tür und öffnet das Fenster, von hier sehen wir alles.
Von oben, von draußen, von überall höre ich das Lachen der anderen, höre aus dem Radio *zehn, neun, acht*, höre die Stimme von Marie und *drei, zwei, eins* und das Knallen der Feuerwerkskörper und Sektkorken und spüre Maries Körper dicht an meinem, spüre Toms Hand, die uns hochzieht und herumwirbelt und mit uns Walzer tanzt, *eins, zwei, drei* und seine Hand in meiner Hand und seine Hand auf Maries Rücken und *eins* Maries Atem in meinem Nacken und *zwei* Toms Mund und *drei* lande ich, landen wir auf dem Bett. Sekt läuft über das Gesicht, ich schließe die Augen, seine Finger streichen über die Wangen, über die Lippen, schmecken nach Sekt, nach Sex, ich sehe ihn an.
Wirklich?, fragt Tom.
Ich drehe mich um.

Ich drücke mich in die Matratze, schließe die Augen, rieche Marie, spüre Tom auf mir. Er umarmt mich, umschließt mich, küsst meinen Nacken, mein Ohr. Bin ich nicht zu schwer?, flüstert er.
Marie massiert meine Klitoris, drückt den Kopf in den Polster. Ich will nichts machen, was du nicht willst, sagt Tom. Er richtet mich auf, will mich umdrehen, mich ansehen, hineinsehen in mich, ich weigere mich, lasse ihn nicht, halte mich fest an Maries Schultern, sauge mich fest an ihrem Blick, sie sagt, schlaf endlich mit ihr, bevor sie es sich anders überlegt.
Tom hält inne, lässt mich los. Ich verliere das Gleichgewicht, falle gegen Marie, falle fast in sie hinein, von hinten ein Ruck, ich kralle mich in sie, öffne den Mund, Finger fassen den Hals, reißen das Haar, ich schlinge die Arme um sie, krieche durch alle Öffnungen in sie hinein, küsse sie zärtlich von innen, küsse sie fest, sie schreit. Tut es weh?, fragt Tom. Maries Augen sehen mich an, ich beiße sie zärtlich, ich beiße sie fest. Bist du bereit? Ihre Augen, ihr offener Mund, ich verschlinge sie zärtlich, sie schnappt nach Luft. Komm, sagt er. Ich beiße sie tot.

DAS FEUERWERK ebbt langsam ab. Tom zieht seinen Penis aus mir heraus, entfernt das Kondom, knotet es zu, lässt es auf den Boden fallen und sieht mich an. Ich bemerke, dass ich weine und lache, ich lache und weine. Marie, sagt er. Alles okay, sage ich.

Soundtrack

BABYSHAMBLES Fuck Forever
CAT POWER Good Clean Fun
COCOROSIE Beautiful Boyz
dEUS Memory Of a Festival
dEUS Everybody's Weird
EELS Last Stop: This Town
ELEMENT OF CRIME Jetzt musst du springen
RADIOHEAD Idioteque
RADIOHEAD Paranoid Android
TOCOTRONIC Kapitulation
PIXIES Where Is My Mind

Literatur bei Kremayr & Scheriau

kremayr scheriau

Barbara Rieger
& Alain Barbero
Melange der Poesie

Die Poesie einer Begegnung – eine Melange aus Literatur und Kaffeehausguide. Mit Friederike Mayröcker, Robert Schindel u. v. m.

256 Seiten mit über 100 Fotografien | ISBN 978-3-218-01082-5 | 29,– €

Marie Luise Lehner
Im Blick

Ein Roman, der vom Schauen und Angeschautwerden erzählt, von Rollen, in die Frauen gedrängt werden, und von alltäglicher sexueller Gewalt.

192 Seiten | ISBN 978-3-218-01109-9 | 19,90 €

Marianne Jungmaier
Sonnenkönige

Ein Roman über ein Festival in der Wüste Nevadas, über die Liebe, die Freiheit, das Leben: voll schillernder Farben, Magie und Musik.

224 Seiten | ISBN 978-3-218-01102-0 | 19,90 €

www.kremayr-scheriau.at

ISBN 978-3-218-01120-4

Copyright © 2018
by Verlag Kremayr & Scheriau GmbH & Co. KG, Wien
Alle Rechte vorbehalten
Schutzumschlaggestaltung: Christine Fischer
Unter Verwendung eines Fotos von shutterstock.com/DSerov
Lektorat: Tanja Raich
Satz und typografische Gestaltung: Ekke Wolf, www.typic.at
Druck und Bindung: Christian Theiss GmbH, St. Stefan i. Lavanttal

Gedruckt mit freundlicher Unterstützung
durch die Kulturabteilung der Stadt Wien
und das Land Steiermark.